山水醉诗稿

山水醉诗汇

友人题

夏辉映 著

团结出版社

图书在版编目（CIP）数据

山水醉诗稿 / 夏辉映著 . -- 北京：团结出版社，
2022.7

ISBN 978-7-5126-9434-7

Ⅰ . ①山… Ⅱ . ①夏… Ⅲ . ①古体诗 – 诗集 – 中国 –
当代 Ⅳ . ① I227

中国版本图书馆 CIP 数据核字 (2022) 第 096269 号

出　版：团结出版社
　　　　（北京市东城区东皇城根南街 84 号　邮编：100006）
电　话：（010）65228880　65244790
　　　　（010）65238766　85113874　65133603（发行部）
　　　　（010）65133603（邮购）
网　址：http://www.tjpress.com
E-mail：zb65244790@vip.163.com
　　　　tjcbsfxb@163.com（发行部邮购）
经　销：全国新华书店
印　装：三河市东方印刷有限公司

开　本：147mm×210mm　32 开
印　张：9
字　数：108 千字
版　次：2022 年 7 月 第 1 版
印　次：2022 年 7 月 第 1 次印刷

书　号：978-7-5126-9434-7
定　价：68.00 元

山水醉美

翠微深处

苍碧峰秀

晴岚淡痕

云烟缥缈

巨壑镜天

作者手迹

飞雨宵深鸦声来

作者手迹

序

敛之第二部旧体诗集《山水醉诗稿》即将付梓，嘱我写序，心里很是忐忑。因我对旧体诗了解的不多，这几年偶有雅兴，也应归功于敛之的督促与引导，在旧体诗写作上，敛之是大家。但忐忑之余又盛情难却，只好勉而为之。

我和敛之是复旦中文系的同班同学，在学校时接触较多，知他才华横溢，学养深厚，在心里对他一直很推崇。至于他的闲暇爱好，大学四年，无非也就是写写字，下下围棋。当年我曾与他结对下四人军棋，不久便横行班里，几无对手，全赖他运筹帷幄。当时似乎也没见他写诗。见他写旧体诗是毕业很多年后，那时在网络上有校友录，大家可以聊天留言，偶尔见他在上面写几行诗，至于开始于何时已记不起来了。印象较深的是 2009 年，那一年是我们毕业 25 周年，我们班的同学于 10 月间在杭州聚会，当时到了有六七十人，在杭州的俞文明同学负责筹划安排。那次聚会很成功，俞同学安排得细致周到，堪称完美。也许是西湖的秀色和同学间的深情厚谊引发了敛之的诗情，聚会一结束，他便在校友录上发表了不少纪念杭州聚会的旧体诗，这些诗格律严谨，意蕴醇厚，辞采焕然，读来如饮甘露，如沐春风，令我惊讶不已。后来，读过他的一篇文章，文章回忆他上高中时，爱好诗词的父亲有意识地引导他写旧体诗，并同他一起讨论修改，他也就从高中毕业后开始尝试着写旧体诗，我才恍然大悟。读了他写杭州聚会的诗作，我和他开始有一些唱和，记得当时我曾奉和他一首，其中有两句"才饮龙井绿，又见桂花黄"，自认为不错。但他指出"饮"字不合律，建议改"尝"。我天性散淡，以前对格律也不太在意，那次之后，开始自觉地尽量规范，他也适时地对我进行鼓励和引导，所以敛之之于我，除了同学这层关系，还亦师亦友。

敛之的旧体诗创作高潮是从有了微信开始，尤其是近几年，他与班里的几个同学建了一个"昏庸诗苑"微信群（我们大学毕业时，大家常以昏庸自嘲，久而久之，便约定俗成我们班同学的自许），群里大约有十几个人，他把我也拉了进去，每半月结集刊出一期。在这个诗情洋溢的园地里，敛之无疑是绝对的主力和核心。几年来，无论在旧体诗创作的数量还是质量上，敛之都首屈一指。我也是在这里读到了他很多或淡雅隽永，或苍劲豪放的旧体诗，受益良多。

敛之好酒，但不善饮，浅尝辄止，酒后必有诗。他曾在距北京一百多公里的拒马河畔别置丙舍，诛茆理秽，开垦了半亩山地，荷锄赏菊，以此寄情山水，怡然自乐。我曾数次驱车造访，他每次都备好美酒佳肴，高情雅意，令我流连忘返。我们几次相约一起饮酒赋诗，我因好酒，差不多每次都醉倒酣睡，次日一早醉眼朦胧中于微信上读他的新作，心中钦佩不已。他也多次催我写诗，我大多阙如。有一次我为自己找借口说："你虽好酒，但你是诗第一，字第二，酒第三；我是酒第一，诗第二，字第三。所以你写诗，我喝酒，各得其乐，各擅其长！"他听了抚掌大笑。

敛之的旧体诗写的快，水平也高，文史掌故信手拈来，浑然天成，反映了他深厚的学术功底。他诸体皆善，题材广博，眼中所见，心中所思皆可入诗。语言清新雅健，风格多样，韵味十足。由此可见，天下好诗唐人未必都作完了。我因编《光明日报》副刊，遇有重大节事需要一些诗文，第一时间就会想起敛之，这样的题材写好不容易，每每约他赐稿，他从不推辞，写的既快又好，为我们副刊增色不少。

敛之还热衷于自驾出游。十多年来，他几乎每年都约三两好友游历大江南北。前些年他赠我一本《皇州驾游记》，这本游记记录了他曾到过的山川名胜，文笔优美生动，令我爱不释手。去年8月开始，他由山东到河北，北上内蒙与黑龙江，穿过大小兴安岭至漠河，沿祖国北部边陲东行，又南下吉林、辽宁，历时两个多月。其间一路摄影一路诗，我由他的微信中每日观读，美图好韵，目不暇接，跟随他的足迹，竟也如同亲历。

我想，这本《山水醉诗稿》的出版，对我来说，可以集约地统观敛之的诗作之丰，领略诗心之美。对于广大诗词爱好者，又何尝不是一件幸事呢！

李宏伟

于北京西单西绒线寓所

2021 年 12 月 28 日

目录

1

3

下卷

上卷

游帕隆藏布江

湖光碧蓝，雪峰峙雄。

人家稠密，树木葱茏。

国道一线，桃源之中。

骚客北来，有如故朋。

君其固在，乃今相逢。

风景殊美，造化之功。

（2021-04-15）

注：①帕隆藏布江：简称帕龙江，是雅鲁藏布江主要支流之一，它发源于西藏八宿县然乌湖。②国道：318国道。旅游爱好者有"此生必驾318"之说。

黄河清水湾

人咸老我，我亦认老。

写在兹颠，鹤多乌少。

腿脚不便，形容枯槁。

忆事健忘，属文腹枵。

然其神骏，远非老耄。

其食列鼎，其声裂帛。

人多好义，两肋插刀。

或出远游，极险极遥。

绝域铁马，沙堑雪飘。

关山若飞，视河一瓢。

回环四顾，幸哉长啸。

且歌且舞，慰我劬劳。

暮年壮思，可侣阿操。

(2021-05-14)

注：①黄河清水湾：陕西省延川县乾坤湾景区的景点之一，又称清水关。
②阿操：曹阿瞒曹操。其诗《龟虽寿》："烈士暮年，壮心不已。"

幽　思

　　冉冉梦醒，中夜何凉。静听漏阑，遣思彷徉。

　　风止寒枝，气郁苍黄。揽樽在手，一豆幽光。

　　庋封尘埃，卷罗蛛网。古圣往矣，殷忧逾常。

　　似闻鸱悲，莫辨图廊。呜咽踟蹰，四顾迷茫。

　　沙眠斥鸠，荇歇鲷鲂。荆途回旋，汝南啼荒。

　　前路修阻，冠缨济跄。芰荷饰车，组缯流香。

　　英雄多故，涕泗沾裳。频嗟蹇滞，纷走寇王。

　　驹影逝水，遥念触肠。壑谷隐曜，非用即藏。

　　轻歌曼舞，且咏且觞。千山飞度，河广江长。

(2020-01-21)

注：①济跄：人多而容止有节。王韬《淞滨琐话》："宾客济跄，冠裳毕
集。"②英雄多故：有作为的人都不在了。鲁迅《无题》："英雄多故谋
夫病，泪洒崇陵噪暮鸦。"③驹影：日影。袁桷《三月十二日花下小饮》：
"殿庐龙光动，琐窗驹影催。"

登天台山

铁马吼长风，豪情势如虹。

天台伏腕底，黄河游袖中。

（2021-05-18）

注：①天台山：位于陕西省神木县境内的黄河岸边窟野河入黄口处，是沿黄公路著名的风景名胜区。②铁马：自驾的汽车。

贾郎亭

雕檐飞流云，大河海潮生。

晋陕风雨至，不敢坐危亭。

（2021-05-18）

注：①贾郎亭：陕西省神木县天台山黄河岸边的小亭，小亭建在峭岩上，面对黄河，形势险峻。②晋陕：晋陕大峡谷。

白云山道观

白云山如砥，黄河天外流。

往来游人众，登高一望收。

（2021-05-17）

注：①白云山：位于陕西省榆林市佳县城南5公里处的黄河之滨，是著名的道教名山。

白龙河国道

铁马讨流上，青峰列翠帏。

一路饶画意，云卷逸情飞。

(2021-03-01)

注：①讨流：沿着河流往前。②逸情：放松的情绪。

西夏王陵

大漠争雄时，百战龙虎韬。

当年宋师劲，未如党项刀。

贺兰山作险，黄河水作壕。

延祚十宗后，何生一天骄！

(2021-05-10)

注：①西夏王陵：西夏帝王陵墓所在地，计有九座帝王陵。位于宁夏银川市贺兰山东麓。②党项：即党项族，是我国古代西北族群，属西羌族的一支，也称"党项羌"。

题友人访泉

觱篥幽潜发，横流到园田。

既润修篁后，又绕古楼前。

氤氲遮无道，潺湲静有轩。

波摇惊鸿瞥，忽地解太玄。

(2021-02-09)

注：①觱篥：古代管乐器。②太玄：深奥玄妙的道理。

忆秋日海上

横吹咽西风，窗摇海浪重。

古钤隆画意，好酒酬幽朋。

鬈耸花钿翠，气凝剑心宏。

谁念羁远客？持节到云中。

(2021-02-02)

注：①横吹：即横笛。王维《送宇文三赴河西充行军司马》："横吹杂繁笳，边风卷塞沙。"②古钤：古色古香的印鉴。③幽朋：有共同爱好的朋友。④花钿：唐代比较流行的一种妇女首饰。

偶 题

功名视敝屣，富贵何所矜。

红颜久难伴，妙文类名伶。

何如肆志游，随处挹芳芬。

逍遥谁帝我？披发放歌行。

(2020-11-16)

注：①敝屣：破旧的鞋，比喻没有价值的东西。徐陵《梁禅陈策文》："居之如驭朽索，去之如脱敝屣。"②名伶：旧时称著名的戏剧演员。③肆志：快意，纵情。苏轼《超然台记》："时相与登览，放意肆志焉。"

茶卡盐湖

风恬茶卡静，雪岭围镜天。

空气带卤味，银光射云边。

水落栈道曲，突塍界盐田。

青春弄波影，耄耋憩小轩。

风来物事乱，斯意入老玄。

（2021-05-07）

注：①茶卡盐湖：位于青海省海西蒙古族藏族州乌兰县茶卡镇，"茶卡"是藏语，意即盐池，蒙古语"达布逊淖尔"。②突塍：盐湖中分割湖水的土埂。

布达拉宫印象

势拔众山堆，精蓝入翠微。

日光耀云表，碧水绕城迴。

射空顶似戟，墙高叠若危。

游客差参上，神雀东南飞。

圣域得暂驻，计有二三随。

（2021-04-20）

注：①布达拉宫：位于西藏自治区首府拉萨市区西北的玛布日山上，是一座宫堡式建筑群，为西藏政教合一的统治中心。②精蓝：意思是佛寺，僧舍。高翥《常熟县破山寺》："古县沧浪外，精蓝缥缈间。"

登函谷关楼

昨夜饮无绪，今上函关楼。

胡沙连天起，塞风入襟收。

势雄益进退，道深衍缁流。

崇岭东风疾，青牛紫气浮。

圣人化胡邈，中土斯道愁。

(2021-03-29)

注：①函谷关：位于河南省三门峡市灵宝市函谷关镇王垛村，该关西据高原，东临绝涧，南接秦岭，北塞黄河，因其关在谷中，深险如函，故称函谷关。②青牛：老子所骑牛为黑色，故名青牛。

访小浪底

挺身登高处，长河万里来。

至此急流束，匣出明镜开。

柳覆故道隐，山连葱茏栽。

梁亘崇古意，雾涌豁襟怀。

携游欲吟诵，惜无少傅才。

(2021-03-28)

注：①小浪底：位于河南省洛阳市孟津区，是著名的水利枢纽工程。②少傅：唐代诗人王勃的知己好友，诗人。

游潭柘寺

曾从胜侣游，数登潭柘境。

林中听万籁，云表幻波影。

楼高天宫逼，衾薄夜月冷。

荐香天假寿，祈愿太平永。

且向净域求，兼作日三省。

（2021-02-02）

注：①胜侣：相得的朋友。张煌言《赠徐闇公年丈》："明月开尊皆胜侣，春风入座似醇醪。"②万籁：自然界发出的种种细微的声响。③荐香：烧香拜佛。

秋 意

寒雨昨入夜，黄叶满前塘。

草伏曲径湿，鸦影林梢翔。

椅冷无人至，邻姑仍残妆。

遥闻钟声远，风带菊花香。

久坐书斋寂，天地大收藏。

（2018-11-03）

注：①邻姑：邻里年轻女性。②残妆：隔夜的妆饰。张谓《扬州雨中观妓》："残妆添石黛，艳舞落金钿。"

哀 时

台榭风华暗，龙钟叹侵寻。

白尽余生发，蓄残不老心。

崇儒究极致，礼佛转深沉。

煮茶久忘啜，返车偶长吟。

拔剑江山渺，英雄泪湿襟。

(2018-05-08)

注：①白尽：全都变白了。李贽《秋怀》："白尽余生发，单存不老心。"
②返车：路穷返车。《晋书／阮籍传》："时率意独驾，不由径路，车迹
所穷，辄恸哭而返。"

环游青海湖

高原一明珠，莹然惊世出。

水波何浩淼，白云落天衢。

清涟濯石岸，浅沙流湟鱼。

滩阔牛羊茂，风伏蓬草枯。

浪涌散飞鸟，幡幢垂流苏。

一湖风景异，自驾费班如。

(2021-05-07)

注：①青海湖：藏语名为"措温布"，意为"青色的海"。位于青藏高原
青海省境内，中国最大的内陆湖。②流苏：一种下垂的以五彩羽毛或丝线
等制成的穗子，常用于装饰宗教法物。③班如：盘桓不进貌。陆机《文选》：
"是以都人冶容，不悦西施之影；乘马班如，不辍太山之阴。"

布达拉宫

南绕碧流去，依势建琼宫。

墙竞峭石陡，黄白饰色宏。

日彩射城外，高僧塑禁中。

树掩下界静，风来寒气浓。

伫望中州邈，掀襟海内雄。

前程云漫漫，勒马欲向东。

（2021-04-22）

注：①碧流：清澈的河水，此指拉萨河。②黄白：布达拉宫的主色调为黄色和白色。

从林芝到拉萨

心向西方去，林拉高速长。

河滩见牛散，峡风吹大荒。

隧道束路紧，穹窿雪岭凉。

停车或小憩，所慕在遐方。

此意仰神域，天光亦佛光。

若望玛布日，心翮已先翔。

（2021-04-19）

注：①林拉高速：林芝到拉萨的免费高速公路。②玛布日：布达拉宫所在地山名，又名红山。坐落在西藏拉萨城西北。

谒多拉神山

欲究神消息，请谒神山前。

曲径接云表，末可造其巅。

乱石留神迹，山势立峻严。

经幡随风舞，经筒阵接天。

草木藏造化，沧海变桑田。

心中有敬畏，神护人世间。

（2021-04-14）

注：①多拉神山：位于西藏八宿县白马镇以东63公里的川藏公路旁。山上有释迦牟尼佛像，漫山遍野的岩石上刻有经文。②造化：大自然的运行规律。

雨中访三苏祠

向者追慕久，雨中访苏祠。

门前可罗雀，似有故人知。

文章萃一隅，八彦占三席。

运鳌映古井，亭池草萋萋。

风华叹绝代，书碑令神迷。

纱縠行里美，惜哉无余时。

（2021-04-05）

注：①三苏祠：位于四川省眉山市东坡区，始建于北宋，现为清康熙四年（1665年）重建遗存，是北宋文学家苏洵、苏轼、苏辙父子三人的故居及祠堂。②八彦：唐宋八大家，韩愈、柳宗元、苏轼、苏洵、苏辙、欧阳修、王安石、曾巩。③纱縠行：苏轼故里。位于四川省眉山市东坡区的纱縠行老街，曾经是商贾云集之地。

游九寨沟

春日结四游，爰访九寨沟。

雪峰参天立，春气逐碧流。

日射琳琅树，云浮广寒楼。

五色映池彩，栈道恣龙游。

壮心凌云上，西南胜景收。

东望吴楚远，万里度仙辀。

(2021-04-02)

注：①九寨沟：位于四川省西北部岷山山脉南段的阿坝藏族羌族自治州九寨沟县漳扎镇境内，是国家级自然保护区。②五色：九寨沟的水色美丽，常常变幻出多种颜色。

游黄龙

欲探冬消息，乘雪到黄龙。

海拔四千米，美在一池中。

钙华映五彩，换步妙无穷。

迢迢曲径低，皑皑云里峰。

冷簇娑萝树，冰垂瀑玲珑。

合影接仙处，纪录四皓功。

(2021-04-03)

注：①黄龙：即黄龙风景名胜区。位于四川省阿坝藏族羌族自治州松潘县。②钙华：由于含碳酸氢钙的地热水接近和露出地表时，因二氧化碳大量逸出而形成的碳酸钙化学沉淀物。③娑萝树：又称娑罗，常绿乔木，原产印度。

秦岭道中

造化崇懿德，神域天地钦。

意逐疑翔羽，风回若御奔。

层树青霄上，紫岚亘天横。

花坠空弥臭，翠掩涧游清。

倏忽若来雨，飞瀑浥车尘。

此役在万里，一曲老来吟。

(2021-03-31)

注：①御奔：形容速度之快，像骑着骏马奔驰。②亘天：指漫天，连天，横贯天空。戴名世《左忠毅公传》："卒之夜，长虹亘天，里中星陨如斗。"

题陕州地坑院

陕塬民俗特，掘地以为房。

幽潜避风雨，冬暖复夏凉。

墙围春秋树，壶纳日月光。

群居多情愫，方物亦琳琅。

南国衍土楼，传播到遐方。

文化在史册，穴居源流长。

(2021-03-29)

注：①地坑院：也叫天井院、地窨，是古代人们穴居方式的遗留。②方物：有地方特色的物品。

访赵州柏林禅寺

来访柏林寺，三门笼云烟。

石桥济南北，佛近地自偏。

舍利塔百尺，刹幢相属连。

长廊饶诗作，教义罗万千。

尿性裁说妙，狗性更无言。

欲探禅妙处，遥追六祖前。

（2020-08-11）

注：①柏林禅寺：位于河北省赵县县城东南角。②六祖：指惠能。惠能得到五祖弘忍传授衣钵，继承了东山法脉并建立了南宗，弘扬"直指人心，见性成佛"的顿教法门。

崂山寻明霞洞

扶杖拾级上，有洞曰明霞。

松风响左右，悬石如巨瓜。

岩穴多缁流，云外见人家。

白发任世运，怜我到天涯。

寻仙何处是，乘雾驾云车。

举目峰高瑶石近，愿随彭祖餐山花。

（2020-08-02）

注：①明霞洞：又称斗姆宫，崂山上清宫别院。②缁流：道家的代称。③彭祖：道教神仙中，彭祖以长寿著称。④附张燕《明霞洞》："觅天洞掩百悬崖，索道帮游揽月霞。碧海秀峰仙境入，奇石古树浪拍沙。"

且歌且舞

老翁多闲暇，袖手南山下。

长天架穹窿，群岭奔车马。

鸿去挥五弦，悲啸震屋瓦。

吟结微信游，气象恬风雅。

超然与时乖，落落道孤寡。

西望每咨嗟，幽邃在草野。

(2019-10-10)

注：①五弦：即五弦琴。是一种弹拨乐器，属于古琴的一种。嵇康《赠秀才入军》："目送归鸿，手挥五弦。"②微信：（WeChat）是腾讯公司于2011年1月21日推出的一个为智能终端提供即时通讯服务的免费应用程序。

岁末同仁泰合鲜小聚

泰合鲜相迎，合室十一丁。

山珍兼海味，未尽庶馐名。

谈笑送旧岁，衰朽与有荣。

灯映瑶池美，无酒亦若醒。

芝兰满庭除，暮年更元亨。

点面寄厚望，秉枢天下平。

(2018-02-02)

注：①泰合鲜：饭馆名。②庶馐：众多的美味。③与有荣：共同感受到光荣。④暮年：来年。

适 远

索居颇无趣，骑行到荒郊。

猦吠惊异客，雨后泉喧嚣。

苔石歇乌鹊，篱落野花娇。

平林阒万籁，天迥一羽高。

茅檐方问酒，细雨到玉桥。

路时穷欲返，意平感世遥。

看云独坐久，拂髯笑阿曹。

(2021-09-12)

注：①猦吠：小狗的叫声。②万籁：大自然的声响。

贺兰山岩画

贺兰山高耸，先民曾滞留。

东望平原阔，天际浮大都。

荒坡多枸杞，路侧酸枣稠。

庙旧严法相，柳老气横秋。

斑剥石上画，亘古渺悠悠。

博物聚奇艺，珍稀来五洲。

莫道此处僻，繁荣赖人谋。

(2021-05-11)

注：①贺兰山：位于宁夏回族自治区与内蒙古自治区交界处，山势雄伟，若群马奔腾。蒙古语称骏马为"贺兰"，故名贺兰山。②大都：规模宏大的城市，此指银川市。

黄河石林

为观石林趣，间关到河陬。

东流如巨龙，人家隐绿洲。

躬耕在秘境，傲视万户侯。

壁屏桃源里，登高一望收。

忆昔子长叹，无由遏斯流。

乌兔恒如此，安云富春秋。

人生天地间，岂能无远游！

（2021-05-09）

注：①黄河石林：位于甘肃省白银市景泰县东南部。这里群山环抱，环境幽静，空气清新，风景秀丽，以古石林群最富特色。②间关：形容旅途的艰辛。孙中山挽蔡锷："平生慷慨班都护，万里间关马伏波。"

过石门寺往青海湖

中州春已阑，此地春正酣。

打柴沟树翠，石门寺花繁。

岔峡极幽静，本康矗丹山。

牛羊如星落，农人耘地还。

更有小镇秀，云阶似可攀。

快意流水漱，玉岭青螺盘。

借问青海湖，指认到云端。

（2021-05-06）

注：①石门寺：位于甘肃省天祝县城西11公里的石门河峡口内侧的石门乡。②打柴沟：即打柴沟镇，隶属于甘肃省武威市天祝藏族自治县。③本康：村名，是甘肃省武威市天祝藏族自治县天堂镇下辖村。

罗布林卡

欲遣两日去，此地一勾留。

红墙低能逾，林樾聊供休。

门多却紧闭，寻景绕三周。

却怜观光客，乱走即日游。

门票三十元，假名行苟偷。

或开半处殿，搪塞备理由。

颇章均不语，唯有游者愁。

(2021-04-21)

注：①罗布林卡：位于西藏拉萨西郊。始建于18世纪40年代（达赖七世），是历代达赖喇嘛消夏理政的地方。②林樾：树林的阴翳处。③颇章：藏语，意思是宫殿。

左贡入藏曲

前程固不易，君子意如何？

既作西行计，艰辛何言多。

江山似有待，莫相叹蹉跎。

澜沧落暝峡，国道挂云坡。

梅里雪山净，东达更巍峨。

临风立垭口，天庭似可摩。

因作入藏曲，欲睨蜀道歌。

(2021-04-12)

注：①左贡：左贡县。是西藏自治区昌都市的下辖县，位于西藏自治区昌都市东南部。②暝峡：不见阳光的深堑巨谷。③蜀道歌：此指李白的《蜀道难》。

游乐山大佛

环顾青山列，凌云观大佛。

波涌三江会，云生九峰矗。

狂澜宜减杀，工浩役万夫。

东方固罕匹，大佛更世孤。

光明映南海，风雨接东吴。

崖赤仵观细，石栈老步徐。

蜀地多瑰丽，游兴几人俱？

（2021-04-05）

注：①乐山大佛：又名凌云大佛，位于四川省乐山市南岷江东岸凌云寺侧，濒大渡河、青衣江和岷江汇流处。②三江：即指大渡河、青衣江、岷江。

聊城咏

初为聊城客，始作堤上行。

地方利壬癸，繁华祸丙丁。

市声运河近，莺啼柳浪闻。

雨歇风亭掩，风斜燕子轻。

荷静因浪恬，月华出楼明。

问君何能尔，心远若渊渟。

登高视东国，平望齐鲁云。

（2020-08-10）

注：①壬癸：在天干地支中代表水。②问君何能尔：陶渊明《饮酒》："问君何能尔？心远地自偏。"③渊渟：深且静的水潭。

木兰花轧糖

古有花木兰，英武女儿身。

别爷保家国，毅然从军行。

如今木兰花，公益机构名。

旗下聚姐妹，其中无男丁。

创业多坎坷，竟以轧糖赢。

谁言女子弱，敢做弄潮人。

木兰誉千里，世上添清芬。

（2020-01-08）

注：①木兰花轧糖：一种甜食品。②花木兰：古代巾帼英雄。

寒夜忆友

相与倾襟抱，遥思又一年。

梦中开蜀道，细酌白云边。

（2021-12-27）

注：①蜀道：这里指汉中到乐山一带的交通路线。②白云边：酒名，产于湖北。

贺《昏庸诗苑》六周年

风致标高格，流年假亦真。

诗心游宇宙，不负咏坛人。

（2021-10-29）

注：①《昏庸诗苑》：由在京同学发起创办的诗词园地。②风致：风度，
情趣，格调。

题满鋈摄影并酬其绝

风轻日已曛，水暖落沙禽。
天际一帆小，依闾盼远人。

（2021-10-04）

注：①满鋈原玉《金山秋日》："轻风晴日暖，白浪共沙鸥。帆影飘何处，
茫茫天尽头。"②依闾：倚靠着门楣盼望。《战国策》："女朝出而晚来，
则吾倚门而望；女暮出而不还，则吾倚闾而望。"

夜 吟

蛩唱月窗幽，为安一字愁。
枯肠搜也尽，不着乃风流。

（2021-09-22）

注：①为安一字：为了安顿好一个语意。卢延让《苦吟》："吟安一个字，
捻断数茎须。"②枯肠：没有文采和诗情。

园博桥观钓

列竿森若戟，风过水粼粼。
伫观移时叹，并无渭上人。

（2021-09-11）

注：①园博桥：京西永定河上的一座桥梁。②渭上人：渭水上的钓鱼人，
指姜太公。

晨间骑行过京西双弓铁桥

盔彩参晓雾，路曲映晨光。

秋气肃双弓，疾行度云廊。

（2021-09-07）

注：①双弓铁桥：即京西金安路上的首钢大桥，大桥东西两头架设双弓以
拉铁索。②盔彩：骑行人佩戴的头盔色彩鲜艳。

读仇注《杜甫全集》

论杜滔滔是，韩元两往还。

流离堂庙近，忠厚系痌瘝。

（2021-02-01）

注：①仇注：仇兆鳌《杜诗详注》。②韩元：韩愈和元稹。③痌瘝：疾苦。
魏源《偶然吟》："痌瘝苟不瘳，尧禹亦何为。"

西冈塔

西冈砖塔矗，松影覆阶深。

跌坐清凉界，残阳落远岑。

（2021-02-01）

注：①西冈塔：位于涞水县城西岗上。②跌坐：结跏跌坐。即互交二足，
将右脚盘放于左腿上，左脚盘放于右腿上的坐姿。

登将军坨未果

雪影入云堆，晴岚簇背嵬。

欲登荆棘阻，只说看山回。

（2021-01-26）

注：①将军坨：位于北京市房山区河北镇檀木港村。②背嵬：亦作背峞，古代大将的亲随军。沈括《梦溪笔谈》："旗队浑如锦绣堆，银装背峞打回回。"

题友人所摄腊梅图

睡起眼朦胧，初开小蕊红。

摘来知妾意，不教入花丛。

（2021-01-26）

注：①腊梅：亦写作蜡梅，又称黄梅。是一种落叶灌木植物，在冬天天气非常寒冷的时候也能开出花朵，散发浓郁的香气。②小蕊：小小的花蕊，是植物的生殖器官。

珍珠湖游艇

苍山围峡逼，一坝束长流。

云涌雕弓劲，风摇两岸浮。

（2021-01-25）

注：①珍珠湖：位于北京市门头沟区雁翅镇珠窝村西，是人工湖泊。②长流：此指官厅水库下游的永定河。③雕弓：雕刻精美的弓箭。珍珠湖上有一座钢丝拉桥，远望就像一把长弓。

观电视剧《跨过鸭绿江》题麦克阿瑟

才高睨世雄，兼有美姿容。

终昧人间事，哀哉老落鸿。

(2021-01-21)

注：①麦克阿瑟：即道格拉斯.麦克阿瑟，美国著名军事家。②落鸿：坠落在地面上的鸟。范成大《落鸿》："落鸿声里怨关山，泪湿秋衣不肯干。"

题窗边藤三七

南国一枝来，临窗瓦器栽。

筛光分绿意，伴我酌新醅。

(2021-01-20)

注：①藤三七：落葵薯别称，又名洋落葵、藤七。②新醅：新酿成的酒。白居易《问刘十九》："绿蚁新醅酒，红泥小火炉。"

梦

瑰奇颠倒域，绝美枕边生。

每叹他维度，人间匪与京。

(2021-01-20)

注：①瑰奇：瑰丽奇异。②与京：与之匹敌。

晨起望雪

不是琉璃界，周遭蔑有尘。

只因一夜雪，幻作宝楼人。

（2021-01-19）

注：①周遭：周围，四面八方。②宝楼：喻自宅楼。

观电视剧《北京人在纽约》

海誓山盟侣，何劳两燕飞？

一曲询造化，也是没了谁！

（2021-01-19）

注：①一曲：主题曲《千万次地问》。②没了谁：网络语言"没谁了"，再没有这样的了。

观电视剧《大秦赋》题赵姬

质从歌舞伎，错与到阏氏。

终难仪天下，何如箕帚时。

（2021-01-19）

注：①质从：本来的出身。②阏氏：汉代匈奴称君主的正妻。③箕帚：畚箕和扫帚，代指妻子。

观印度电影《流浪者》

欲问生消息？恒从苦难求。

与其阎里困，盍放五湖舟。

（2021-01-17）

注：①阎里：即街里小巷，平常人家。②五湖舟：太湖上的小舟。

用韵和周肇祥《吊荆轲》

祖荆悲易水，诈献弄权谋。

唯见西风塔，萧然立土丘。

（2021-01-17）

注：①周肇祥《涞易游记》得诗二十字："壮士不可见，大名垂山丘。西
风吹易水，夜夜咽寒流。"②祖荆：即"祖荆轲于易水上"故事。刘向《荆
轲刺秦王》："至易水上，既祖，取道。"

观日本电影《楢山节考》

岛悬瀛海外，陋俗贼人伦。

未死填沟壑，何期反噬身。

（2021-01-16）

注：①《楢山节考》：今村昌平执导的电影，于1983年4月29日在日本上映。
②反噬：回头反咬。比喻加害有恩于己的人，恩将仇报。

入 夜

入夜城初静，风狂肆薄襟。

欲开新酿酒，对剑步沉吟。

（2021-01-16）

注：①薄襟：单薄的衣服。②沉吟：低声自语，吟诗。

冬日阳台西望

千家伏的卢，云树饰流苏。

清迥郊原淡，游龙入帝都。

（2021-01-15 ）

注：①的卢：亦作的颅，额部有白色斑点的马。②流苏：以五彩羽毛或丝
线等制成的下垂穗子，通常装饰舞台服装的裙边下摆等处。

登田横岛

得堪文酒适，骯髒到穷滨。

遁迹归方外，心仪葛氏民。

（2021-01-16）

注：①田横岛：位于山东省即墨市近海。《史记》记载，刘邦称帝，遣使
诏齐王田横降，田横在赴洛阳途中自刎。岛上五百将士闻此噩耗，集体挥
刀殉节。②骯髒：高亢刚直的样子。文天祥《得儿女消息》："骯髒到头
方是汉，婷婷更欲向何人。"③葛氏：即葛天氏。葛天氏是传说中远古部落。

步友人《偶感》

寒风访白门，芳腕劝犀樽。

窗月孤山静，遥迢接玉魂。

（2021-01-15）

注：①友人原韵："朝寒偶到门，宵雨话芳樽。荦确惊山骨，萦纡寄月魂。"②玉魂：代指美丽的女子。曹雪芹《咏白海棠》："出浴太真冰作影，捧心西子玉为魂。"

步友人《题苏州园林》

云壑有新经，孤檠昼掩扃。

钟声传野寺，闲看雨飘零。

（2021-01-14）

注：①友人原韵："松竹似含经，烟霞靓昼扃。石矶苔藓薄，云径雨飘零。"

阳台打坐

时梦拈花笑，须弥此作山。

风轻衣带入，形意日光闲。

（2020-12-31）

注：①拈花笑：比喻心心相印，会心。释普济《五灯会元》："世尊在灵山会上，拈花示众，是时众皆默然，唯迦叶尊者破颜微笑。"②须弥：即佛教须弥山。又名宝山、妙高山、妙光山。

春 柳

日暖清姿发，尤从细雨新。

情将枝委地，露为叶含春。

紫燕飞空际，幽光入美辰。

对之惊逝水，因忆灞桥人。

（2021-03-08）

注：①委地：垂到地面。《庄子》："謋然已解，如土委地。"②逝水：流去的河水。比喻光阴不再。许浑《重游练湖怀旧》："荣枯尽寄浮云外，哀乐犹惊逝水前。"③灞桥：西安城东的一座古桥，折柳离别之地。

夜 兴

平居肯素餐？入夜久凭栏。

言渡河溳漾，爰登岭屼巇。

澄心寻妙谛，解语执幽欢。

剩得朱砂浅，临窗写岁寒。

（2021-2-04）

注：①素餐：无谓的消耗粮食。②溳漾：水波摇动的样子。③屼巇：峻峭的山峰。④妙谛：精美的道理。

立　春

鳞忽跃清池，风和鸟亦知。

村烟消索寞，草径掩迷离。

好雨常来户，新芽欲上枝。

梦伊方咏絮，祝福寄诗时。

（2021-02-03）

注：①风和：春天和畅的风。②索寞：冷落无趣。③咏絮：谓女子咏雪诗。

客　居

纤月中天挂，寒宵露湿裳。

掖廷谁死谏，原野正鸱张。

看剑吟诗短，推杯舞袖长。

此身何处寄，万里是吾乡。

（2021-02-03）

注：①纤月：弯弯的月亮。杜甫《夜宴左氏庄》："风林纤月落，衣露净琴张。"②掖廷：朝廷。③鸱张：像鸱鸟张翼一样，嚣张，凶暴。

长忆山水醉

扶筇翁媪立，闲看白云飞。

碧水蜿蜒去。苍山刿嵫围。

落禽鸣竹幕，转影到柴扉。

野径人初到，还怜磨柿肥。

(2021-02-02)

注：①山水醉：小区名。位于河北省涞水县野三坡。②刿嵫：山势曲折连绵。王慎中《登金山口绝顶》："瞻峯皆刿嵫，陟涧数回缅。"③转影：日影移动。④磨柿：即野三坡特产磨盘柿子。

游房山河北镇

疫严寒气紧，西岭雪初融。

碧水飞长蟒，奇峰列巨艟。

树藏抓拍媪，烟绕漫吟翁。

人间分忧乐，惟求与世同。

(2021-01-26)

注：①河北镇：北京市房山区下辖镇。②巨艟：巨大的船舶。

题玫子所摄窗前冬景图

素手珠帘启，凝眸到疏枝。

风停天府静，云动玉楼移。

眉皱生春梦，烟升袅远思。

何从青鸟约，万里赴瑶池。

（2021-01-25）

注：①凝眸：注视。②天府：天上的宫殿。③青鸟：借指传信的信使。李
商隐《无题》："蓬山此去无多路，青鸟殷勤为探看。"

山 中

诛茆藏踪迹，深居野墅间。

云收天渺渺，雨歇涧潺潺。

小院长松影，修阶碧草鬟。

无聊堪自笑，两鬓已先斑。

（2021-01-21）

注：①诛茆：芟除茅草，结庐安居。沈约《郊居赋》："或诛茅而剪棘，
或既西而复东。"②草鬟：像头发垂散的青草。

岁杪寄涞易诸友

久闻山水窟，致节别明君。

高啸奇峰峻，潜行野壑芬。

采风民击壤，拄笏客分云。

记否松间醉，弦歌到夕曛。

（2021-01-17）

注：①涞易：河北省的涞水县和易县。②山水窟：山水美景集中的地方。③击壤：古代的一种投掷类游戏。④拄笏：比喻在官有高致。刘义庆《世说新语》："王子猷作桓车骑参军，桓谓王曰：卿在府久，比当相料理。初不答，直高视，以手版拄颊云：西山朝来，致有爽气。"

从塞罕坝到克什克腾旗

临镜将军泡，天蓝映水蓝。

云迴遮岭树，马饮接蹄龁。

荐果乌兰石，吹旍鄂博龛。

克旗犹在望，遥别漠东南。

（2020-10-15）

注：①塞罕坝：位于河北省承德市围场满族蒙古族自治县境内，内蒙古高原的东南缘。意即"美丽的高岭"。②将军泡：地名，即将军湖。③乌兰石：红色的岩石。

乌兰布统红山军马场

塞上秋无际，流云幻绣裳。

阵风凋宿草，暖日化残霜。

林疏蛇旃出，坡斜栈道长。

归鸿南逐去，迁客滞遐方。

(2020-10-15)

注：①乌兰布统：位于内蒙古自治区赤峰市克什克腾旗西南部，曾是清朝
皇家木兰围场区。②蛇旃：长条形的行军旗帜。③附张燕《将军泡子》：
"将军泡子映蓝天，牛马羊群乐自颠。栈道登高观远景，敖包敬果祭神泉。
经幡五彩祈福运，山水芳邻聚善缘。养老宏图同策划，夕阳无限好休闲。"

塞罕坝雾凇

昨夜黑甜深，银光入远岑。

凭栏归一色，束彩射瑶林。

楼渺秋鹰目，情高远地心。

塞鸿云断处，对景寄诗吟。

(2020-10-15)

注：①黑甜：即酣睡做梦。苏轼《发广州》："三杯软饱后，一枕黑甜余。"
②瑶林：形容美丽的树林。杨万里《雪晴》："银色三千界，瑶林一万重。"
③附张燕《雪思》："夜来大雪飘围场，晨起雾凇挂满枝。远眺群山竞素
裹，妖娆坝上助睿思。"

登高望兴凯湖

何必江山语，银波万道横。

月琴风里咽，秋鹭浪中行。

肃慎虽称古，西酉竟鲜京。

登高凝视处，不尽到边声。

(2020-09-28)

注：①兴凯湖：是中俄边界上的浅水湖，为中俄界湖。位于黑龙江省东南部。②边声：边境附近的各种声音。

与诸友登漠河腾龙阁

振衣登紫阁，秋气肃群山。

发垂三千丈，河曲十八弯。

霭升迷鸟道，日走射人寰。

遥看来程邈，相惊弹指间。

(2020-09-14)

注：①腾龙阁：位于黑龙江省漠河市的一处高楼，可以俯瞰湿地地貌。
②来程：即从北京到漠河的路程。

题赵州陀罗尼经幢

玉幢高碧树，珠刹揽飞云。

石裂开元气，风流景佑文。

世移朝易处，经变俗难分。

市井争相逐，疏钟已罕闻。

（2020-08-19）

注：①经幢：古代宗教石刻的一种。主体多为六角形或圆形的石柱，一般刻有佛像等宗教内容。②开元：唐玄宗年号。③景佑：北宋仁宗年号。

夜泊聊城

枕水依舷静，间来弄桨声。

嚣尘城外散，湖月镜中明。

一盏酬知己，三更醒数惊。

偶思何所乐，起坐击闲情。

（2020-08-08）

注：①聊城：位于山东省西部。是国家历史文化名城。②枕水：靠近水边，离水很近。

山 居

空壑无人迹，沙禽去又还。

风云谁舞袖？溪柳一堤鬟。

坐日髭鬚白，弹琴户牖闲。

曲终闻遗响，雨隔数重山。

（2020-04-04）

注：①遗响：指前人作品的气韵风格。苏轼《赤壁赋》："知不可乎骤得，托遗响于悲风。"

三月十日纪事

七级风狂虐，初来驿电惊。

柔绦开柳眼，高阁出铜钲。

车驶羸牛伏，人稀墨面行。

路边争派送，点赞递哥萌。

（2020-03-10）

注：①柔绦：柔软下垂的树枝。②铜钲：代指太阳。苏轼《新城道中》："岭上晴云披絮帽，树头初日挂铜钲。"

由蓬莱之长岛

殷忧多启圣，愚色正冠裳。

燕雀群优越，鲲鹏独向洋。

岂甘恒簟卧，孰料竟鹰扬。

王道汤汤日，丰功荐彼苍。

(2020-03-10)

注：①愚色：呆笨的样子。《六韬》："圣人将动，必有愚色。"②向洋：
自然悠闲的样子。

永定楼望双弓大桥

凭楼望北阙，飞鸟乘风还。

云绕天弓上，烟腾旷野间。

通衢流紫气，春树列苍山。

暇日时行走，应当客里闲。

(2020-03-06)

注：①双弓大桥：永定河上的斜拉桥，形如双弓。

春 雨

隔帘静听响丝丝，香淡晨光入牖迟。

梦里西园芳草绿，依稀陌上涨春池。

(2022-03-21)

注：①西园：这里指京西永定河森林公园。

题 照

弱柳扶风半鬌鬟，芙蓉照水倚雕栏。
楚王一觉高唐梦，何似西湖范蠡船。

（2021-12-20）

注：①半鬌：稍稍下垂的样子。汪元量《湖州歌》："翠鬟半鬌倦梳妆，
杨柳风前阵阵凉。"②高唐：宋玉《高唐赋》："闻君游高唐，愿荐枕席。"

骑行京西潭王路

林翳难寻瓜草地，石开岚气影孤单。
世间漫道骑行乐，谁不怨嗟十八盘。

（2021-10-01）

注：①潭王路：京西门头沟区的一段险路。骑行者多以为畏途。②瓜草地：
潭王路旁的一处风景点。

贺艾杰兄登长白山

昔年独上叹身孤，大驾初闻到胜区。
天岸开襟君问否，仙踪不我几人俱？

（2021-09-20）

注：①长白山：位于吉林省安图县二道白河镇池北区东南部，现为国家旅
游景区。②胜区：风景名胜地区。③不我：没有我，缺我。

京西骑行遇雨

眼中云路漫迢迢，雨洗秋山入碧霄。

孰与车轮身意快，诗情伴我到西桥。

（2021-09-20）

注：①云路：高山之上的道路。②西桥：永定河上的桥梁。

骑行过故人庄

窗影婆娑几许真，来归窄巷久扶轮。

天涯不尽飞蓬想，空敲铃铛忆旧人。

（2021-09-19）

注：①故人庄：过去朋友的居所。孟浩然《过故人庄》："故人具鸡黍，邀我至田家。"②婆娑：杂乱的样子。③扶轮：扶着自行车轮，似有所忆。

骑行卧龙岗

谁将羽扇系谣传？罕有轮蹄一洞天。

东望皇城来紫气，迷蒙苍翠满烟川。

（2021-09-10）

注：①卧龙岗：京西门头沟区的一座小山。②轮蹄：人迹，人间的喧闹。③烟川：苍茫的永定河谷。

咏汽油

两桶愣抬价更高，权豪未必损秋毫。

可怜百姓愁无措，平躺人车怼尔曹！

（2021-06-04）

注：①两桶：此指两家石油公司。②平躺：无能为力，只好什么事情也不做的状态。③尔曹：你们这伙人。杜甫《戏为六绝句》："尔曹身与名俱灭，不废江河万古流。"

题小森林

方寸壶天隐市深，琴音缥缈出琼林。

篆烟绕扇茶香远，云雨巫山一片心。

（2021-02-31）

注：①附作者自由诗《小森林》："这片墨绿的森林，在人迹罕至之地自在地拥有。我揽辔而立，很近却又遥远。乳白的薄纱在林中袅袅升起，山水相间，迷蒙的翠幕，轻轻掩过梦中的绮丽。是百灵的浅唱，伴着幽雅的琴声依稀的鼓点，断断续续从天际传来，给这疲倦的灵魂注入精神。玉盘中的青螺，那是心中从不褪色的照影，静谧的小径虽然飘下了落叶，又何妨暮色里踽踽独行。诗人倾情吟唱，抵不过一盅玉腕美酒，方寸之间的画幅，竟也可以醉到极致。既然带不走了，那就 MOVE IT INTO MY HEART，意象中的永恒，一片可以小憩的天地。"②云雨巫山：原指楚国神话传说中巫山神女兴云降雨的故事。

访泸定桥

两岸连山势欲吞，十三铁索垒犹存。

大河不舍滔滔去，似咽当年勇士魂。

（2021-04-08）

注：①泸定桥：又名大渡桥，位于四川省甘孜藏族自治州泸定县泸桥镇境内。②十三铁索：泸定桥是铁索桥。1935年5月29日，中国工农红军长征途经泸定桥，以22位勇士为先导的突击队，冒着敌人的枪林弹雨在铁索上匍匐前进，一举消灭桥头守敌。

题"人权卫士"

五月花开诞米奇，百年狗彘愣装逼。

欲将妖孽收瓶内，再遣聃翁化泰西。

（2021-03-25）

注：①五月花："五月花（May Flower）"是英国3桅轮船，该船于1620年9月6日从英国普利茅斯出发，前往北美洲。是西方殖民主义先锋。②聃翁：老子李聃。③泰西：过去用以泛指西方国家。

将往西藏题小院

底事来惊梦里痕，花枝日日浴朝暾。

时令不识人将远，仍遣春风到白门。

（2021-03-25）

注：①小院：作者位于京西石景山区的栖所从心苑。②底事：何事。③白门：形容贫穷之家。

风 沙

昨日黄沙掩帝天，今宵碧宇认婵娟。

风烟偶起幽并气，春懒还将枕玉眠。

（2021-03-16）

注：①帝天：京畿范围内的天空。②婵娟：代指月亮。

春 晓

融融轻雾映纱橱，沉梦才惊市上初。

何处复寻惺惚意，窗前春染树几株。

（2021-03-15）

注：①惺惚：明丽，鲜明。陆游《金牛道中遇寒食》："莺穿驿树惺惚语，
马过溪桥蹀躞行。"

用韵和李满鋆

昏庸鼎味赖公调，满圃花生韵语潮。

盘带当年轻马氏，今诗堪称二枚腰。

（2021-03-07）

注：①李满鋆原韵《题楚大夫》："青春意气上云宵，花甲神游惯大潮。
看尽古今多不是，长江独钓最清寥。"②马氏：阿根廷球星马拉多纳。③
二枚腰：棋手林海峰重剑无锋，韧性极强，被誉为"二枚腰"。

春 睡

一脉清流到岭前，平窗分映柳如烟。

依稀昨夜归来晚，仍向帘栊醉里眠。

(2021-03-02)

注：①一脉：一股水，一条水。惠洪《同超然无尘饭柏林寺分题得栢字》：
"勿轻一脉微，去涨万顷泽。"②帘栊：窗帘和窗牖，也泛指门窗的帘子。
赵鼎《贺圣朝》："帘栊不卷夜沉沉，锁一庭风露。"

早 春

剪剪轻寒雨似纱，莺啼亭外远山遮。

谁描浅绿皇堤柳，昨夜东风绽细芽。

(2021-03-01)

注：①剪剪：轻微的。王安石《春夜》："金炉香尽漏声残，剪剪轻风阵
阵寒。"②皇堤：京城郊外的长堤。

春 昼

茅檐晓月一弯勾，几许闲云笼渡头。

春鸟不知幽叟意，频飞窗外唱啁啾。

(2021-02-29)

注：①晓月：早晨的月亮。②幽叟：深居的老人。③啁啾：鸟鸣声。

春日寄远

君栖水岸我栖山，网上相牵竟日谈。

何似一壶明月夜，波涛万里柳如烟。

(2021-02-17)

注：①网上：互联网上。②竟日：整日，从早到晚。

西 山

晴空耸碧涧流潺，筇屐频年爱野山。

偶坐松阴看晚照，数声磬落翠微间。

(2021-02-17)

注：①筇屐：拐杖和鞋子。代指旅行。②翠微：青绿的山色。泛指青山。

无 题

青苍几缕海山分，蒿目东南列战云。

归去原知鼙鼓远，何期邸报老翁闻。

(2021-02-17)

注：①蒿目：极目远望。王安石《忆金陵》："蒿目黄尘忧世事，追思陈迹故难忘。"②邸报：官方的消息。

海 上

烟程万里梦遥迢，天际风吹海浪高。

常记故国夕照晚，一笛明月弄春宵。

（2021-02-03）

注：①烟程：雾气弥漫的路程。②故国：故乡。

立 春

一片平林出翠鬟，红光映塔彩云间。

倩谁猜得东风后，应是花潮涌碧山。

（2021-02-03）

注：①平林：平原上的树林，平整的树林。②彩云：多彩的云朵。

和杨贵妃《赠张云容舞》

舞袖云施绣带香，惊鸿冰影度丝簧。

柳枝初拂清凉水，一片莺声到玉堂。

（2021-01-26）

注：①云施：像白云漂浮的样子。②惊鸿：形容女子姿态美好。曹植《洛神赋》："翩若惊鸿，婉若游龙。"③玉堂：富丽堂皇的宫殿。宋玉《风赋》："然后徜徉中庭，北上玉堂，跻于罗帷，经于洞房，遁得为大王之风也。"

题电视剧《跨过鸭绿江》陆乘风

锤炼真功出苦辛，穿杨百步可通神。
平生卫国英雄气，未论安危及此身。

(2021-01-24)

注：①《跨过鸭绿江》：由董亚春执导，唐国强、丁勇岱领衔主演的抗美
援朝战争剧。②陆乘风：剧中人，狙击英雄。

题鄂伦春嘎仙洞祝文

北来骏足荐柔毛，人意春秋两鬓骚。
苔掩风流收落日，应怜穷漠众弯刀。

(2021-01-24)

注：①嘎仙洞：位于内蒙古自治区呼伦贝尔市鄂伦春自治旗阿里河镇西北
山谷之中，是建立北魏王朝鲜卑族的祖先石室旧墟，拓跋氏的发祥地之一。
②柔毛：祭祀用的牲畜。

访京西戒台寺

崇阿幽迥碧霄浮，车压嶒崚到紫邱。
云拂龙斿追落日，风吹松笛过田畴。

(2021-01-22)

注：①崇阿：高峻的山体。②紫邱：深黄色的高地。③龙斿：饰有龙形图
案的旗帜。

观电视剧《大秦赋》题吕不韦

纬地经天仗剑行，男儿岂在御幽并。

彼苍不许英雄计，绝代空留赠美名。

（2021-01-18）

注：①《大秦赋》：古装历史剧。②吕不韦：卫国濮阳人。战国末年商人、政治家、思想家，后为秦国丞相。

塞上归程

柳稀草伏起荒烟，观景台飞紫碛前。

目逐牧民围马去，遥听刁斗出胡天。

（2020-10-17）

注：①塞上：泛指北方长城内外。杜甫《秋兴八首》："江间波浪兼天涌，塞上风云接地阴。"②刁斗：古代军中使用的器具。白天用作炊具，夜间用来警戒报时。

观克旗石阵

诞登石阵近穹窿，栈道摇因地鼓风。

四野边声开客眼，每引幽思入鸿蒙。

（2020-10-16）

注：①克旗：即克什克腾旗，位于内蒙古东部。②诞登：初登。③鸿蒙：中国古代传说中的一个时代，那时天地一团混沌的元气，这种自然的元气叫做鸿蒙，后来也泛指远古时代。④附张燕《克什克腾石阵》："顶风踏雪观石阵，险峻雄奇撼我心。鬼斧神工天造化，欢呼雀跃不虚行。"

热水塘镇宴饮

连日逍遥慨美辰，年来不是宦游身。

天南海北抡无碍，更有涮炉冽酒醇。

(2020-10-16)

注：①热水塘镇：位于内蒙古克什克腾旗30公里处，是著名的热水温泉疗养旅游区。②美辰：美好的时光。

过佟国纲墓

霰零叶落朔风飘，独立滦源忆胜朝。

曩昔挥戈回日处，荒坟名节两萧条。

(2020-10-15)

注：①佟国纲：佟佳氏，满洲镶黄旗人，清朝将领。②胜朝：过去的朝代。这里指清朝。

题汤旺和克旗石林

欲询何物称釜嵚，汤旺阿斯两石林。

未解平生倾险义，还从尘世宅心寻。

(2020-10-16)

注：①汤旺：即汤旺县，隶属于黑龙江省伊春市。汤旺石林是著名风景点，与阿斯哈图石林齐名。②倾险：人心险恶。孙光宪《北梦琐言》："时人知其狡谲倾险，莫不惮之。"

游克什克腾旗石阵

臼若含丹柱似根，牛羊驼马肖纷纭。

无言造化唯作象，欲挽颓波救世心。

(2020-10-16)

注：①造化：大自然的伟力。②颓波：比喻衰颓的世风或事物衰落的趋势。
韦应物《广陵遇孟九云卿》："高文激颓波，四海靡不传。"

题君澜酒店采气松

正值君澜朔气寒，众人不语绕松观，

神安体泰非求外，和粹怀中凝一团。

(2020-10-15)

注：①采气松：用于采纳真气的松树。②和粹：纯粹和美。

坝上夜宴

琳琅美食充方丈，何似全羊醴酒香。

宴罢相扶称未醉，兴来欲过景阳冈。

(2020-10-14)

注：①方丈：宽阔的食案。②醴酒：甜美的酒。《东周列国志》："晋文
公闻太叔和隗氏俱已伏诛，乃命驾亲至王城，朝见襄王奏捷。襄王设醴酒
以飨之。"

题塞罕坝湿地白花

谁遣寒风着意摧？漫生幽谷数疑梅。

若非咏絮留佳句，纵使儿童和雪堆。

(2020-10-14)

注：①白花：塞上一种白色的花絮，冬季开放，不知其名。②咏絮：东晋女诗人谢道韫的咏絮诗。刘义庆《世说新语》："俄而雪骤，公欣然曰：白雪纷纷何所似？兄子胡儿曰：撒盐空中差可拟。兄女曰：未若柳絮因风起。公大笑乐。"

游遵化茅荆坝原始森林谷

山石硗硗秋壑深，旋上葱茏转幽明。

黄叶满道惊石落，夕阳照耀一坡金。

(2020-10-13)

注：①茅荆坝：国家森林公园，隶属河北省隆化县茅荆坝国营林场。

游承德普陀宗乘之庙

英明御极计密深，迎锡班禅到北岑。

泽被最称大法喜，传檄四漠俯首擒。

(2020-10-13)

注：①普陀宗乘之庙：又名小布达拉宫，位于河北省承德市避暑山庄，为承德外八庙中规模最大建筑群，是清代乾隆皇帝为了庆祝他本人60寿辰和崇庆皇太后80寿辰而下旨仿西藏布达拉宫建设的佛教庙宇。②法喜：佛教语。谓闻见参悟佛法而产生的喜悦。

游承德须弥福寿之庙

显密相循蹦等艰，耆阇坛开新说园。

震旦万法严诸戒，佛境更开别一天。

（2020-10-13）

注：①须弥福寿之庙：又称"班禅行宫"，是清代乾隆皇帝为迎接西藏六世班禅入觐朝贺自己七旬庆典而仿照班禅居所扎什伦布寺形制兴建。位于河北承德避暑山庄北面狮子沟的南坡上，普陀宗乘之庙的东面。②耆阇：耆阇崛山的简称。耆阇崛山位于中印度摩羯陀国首都王舍城之东北侧，是著名的佛陀说法之地。

游观沈阳故宫有感

当年误入蠹书曹，小技雕龙试比高。

何若轻飏关外寇，拔城快意一挥刀。

（2020-10-08）

注：①蠹书曹：读书一辈的人。②轻飏：也作轻扬，轻轻飘扬，轻松自在的样子。

从兴凯湖到镜泊湖

兴凯舆图镜泊遥，云程驰驱晚秋凋。

湄沱层浪敲诗意，吊水楼前看早潮。

（2020-10-01）

注：①镜泊湖：中国最大、世界第二大高山堰塞湖，位于黑龙江省牡丹江市宁安市境西南部的松花江支流牡丹江干流上。②云程：遥远的路程。③湄沱：兴凯湖别称。

敦化永定寺

葱岭高低一水平，秋到玉堤两中分。

木鱼声远古寺静，锡杖已过逍遥津。

（2020-10-18）

注：①葱岭：植被茂盛的高山。

参观伪满皇宫有感

庑顶犹存诡计销，尘封五色叹亡朝。

游人闲说宫中事，雨打残枝更寂寥。

（2020-10-04）

注：①五色：伪满的五色旗。

敦化大佛

法身无身亦有身，常于无处幻作形。

只要心中常持念，法轮转处未居停。

（2020-10-18）

注：①敦化大佛：即敦化金鼎大佛，坐落于吉林省敦化市六鼎山国家风景区正觉寺后山顶峰。②法轮：呈圆轮形，原是古印度的一种武器。在佛教中代表摧破结惑的佛法。

参观密山王震将军纪念馆

征鞍才歇肯依衾，又率王师到虎林。

四野粮仓今日是，将军谁会百年心？

（2020-09-29）

注：①虎林：即虎林市，位于黑龙江省东部的完达山南麓，以乌苏里江为界与俄罗斯联邦隔水相望。古为肃慎地，是赫哲族世居地。②附张燕《北大荒》："千里粮仓北大荒，稻穗成熟闪金光。耳闻大水刚退去，眼见机器收割忙。"

二十二号驿站

诗情逐北眺银湾，铁马油惊进退难。

驿栈忽逢天佑我，夜斟美酒喜弹冠。

（2020-09-17）

注：①银湾：此指黑龙江省图强县黑龙江大拐弯。②铁马：即指汽车。

从根河到满归

一路沉浮沐日晖，森林秋染作天闱。

龟行未患旁人笑，入夜华灯到满归。

（2020-09-12）

注：①满归：满归镇，内蒙古自治区呼伦贝尔市根河市下辖镇。②沉浮：比喻道路的高低升降。

题阿尔山天池

环拥葱茏水一盅，飞云掠羽映穹窿。

欲寻王母瑶台镜，忽眩波光事已空。

（2020-08-31）

注：①阿尔山：位于内蒙古自治区兴安盟西北部，横跨大兴安岭西南的山

麓。②穹窿：指天空。

观聊城大运河有感

柳风荷韵一湖秋，珠翠千家拱古楼。

多少波浮寻梦客，腰缠万贯此淹留。

（2020-08-09）

注：①聊城大运河：京杭大运河聊城段是古代会通河的一部分。②淹留：

停止不前。

题芳林嫂旧居

瓜荷撑破一方天，草屋三间到眼前。

铁道英姿何处是，泥床花袄度华年。

（2020-08-05）

注：①芳林嫂：电影《飞虎队》中的抗日英雄主角。机智勇敢又具有坚定

的斗争信念却不乏温柔的女性形象。

历山问道

欲寻方丈意参差，寂寞山门久不值。

九点齐烟依旧在，幽钟几杵伴蝉嘶。

(2020-07-29)

注：①历山：济南三大名胜之一千佛山，古称历山，又名舜山和舜耕山。
②九点齐烟：意思是登高俯视，齐州远山小如烟点。李贺《梦天》："遥望齐州九点烟，一泓海水杯中泻。"

南瓜初蔓

一捧山土初长成，但舒叶蔓未相争。

可怜墙外勾机伺，仍上篱笆浴晓晴。

(2020-06-06)

注：①初蔓：最先长出的藤蔓。②勾机：工程机械，又写作钩机。

清 明

轻扬雪絮塞苍穹，独立高楼野望中。

谁解客愁家万里，哀思一片寄征鸿。

(2020-04-04)

注：①征鸿：旅途中的鸿雁。②附张燕诗二首。《题清明上河园》："宋风古韵清园汇，市井民俗百态延。梦里汴京呈盛世，旧都窥豹见一斑。"《游清明上河园》："十里漕河殿宇东，市廛珠翠竞繁荣。春风送暖拥人毂，丝柳垂阴逗鸟虫。踏斗云阁霄汉上，飞舣画舫水光中。清园忘返多留影，应与名作古韵同。"

夜之海

摇荡涵空万顷陂，璃宫光锁泛幽思。

天心哪得斯人问，在彼苍茫亦在兹。

（2020-03-28）

注：①涵空：映照天空。②璃宫：透明的宫殿。

塞上阻雨

极目长天淡远岑，潇潇一片雨风侵。

是处胡氛混暮色，思飞万里泪沾襟。

（2020-03-29）

注：①阻雨：被雨天耽误了行程。②胡氛：北方塞上的气氛。

春　吟

丁香花紫碧桃红，日暖人家镇日风。

老叟闲吟高祖赋，心随轻翮到云中。

（2020-03-27）

注：①丁香：常绿乔木。②镇日：整天，从早到晚。曹雪芹《红楼梦》："抛珠滚玉只偷清，镇日无心镇日闲。"

乡村小景

鸠鸣竹外柳枝黄，芍药篱笆冉冉香。

邻妇簪花花袄短，儿童撵鸭入池塘。

（2020-03-27）

注：①冉冉：慢慢地，渐渐地。②簪花：妇女头饰的一种，把首饰戴在头上。

春　昼

窗前才绽数枝花，细雨霏霏到酒家。

一片春光迷客眼，轻烟新柳燕儿斜。

（2020-03-07）

注：①春昼：春季的白天。这个时候是慵懒的日子。

登　高

万道流霞缔众峰，东望楼橹数千重。

乱鸦点点随天尽，隔水时闻远寺钟。

（2020-03-03）

注：①楼橹：即楼橹。古代军中用以瞭望的高台。

初春自驾游

绿杨荫里驻青骢，陌上烟轻笼嫩红。

风细燕斜人意好，春光爱咲白头翁。

（2020-02-26）

注：①青骢：毛色青白相杂的骏马。这里代指颜色各异的汽车。②白头翁：
年老的人。

隐　者

蹉跎每叹贾公痴，自将蜗居掩棘篱。

偶遣青童沽酒往，云深水阔莫人知。

（2020-02-29）

注：①贾公：贾公望。其诗曰："丹心犹奋迅，白道分蹉跎。"②青童：
多指少年。

春　钓

波光流影远山轻，渐暖东风胸腮惊。

钓叟欲盟春水约，蒹葭深处扁舟横。

（2020-02-26）

注：①流影：在流动水波中的倒影。②胸腮：蚯蚓。

访戒台寺

难得身心几许闲，遥闻寺磬鸟间关。

沿溪行到无人处，月出东山照影还。

（2020-02-25）

注：①几许：多少、几多，有一些。②间关：鸟的叫声。

浮 海

飞锡迢迢到玉宫，浮沉表里景不穷。

欲从仙道蓬莱远，返棹人前说异同。

（2020-02-26）

注：①飞锡：僧人执锡杖飞空。《释氏要览》："今僧游行，嘉称飞锡。"

题天下雄关图

烽烟四塞未曾消，自将奇疏上本朝。

天下雄关君不识，只将朱笔点妖娆。

（2020-02-25）

注：①雄关：雄伟险要的关隘。②朱笔：通常称皇帝判案的笔。③附张燕《石门》："石门雄关笼烟云，怒江波涛两岸兴。易守难攻峻秀险，神山圣水造福民。"

蝴蝶兰

蝉翼腥红泛紫青，香笼书案久旋停。

春和只恐惊飞去，故摄轻装过画屏。

（2020-02-16）

注：①蝴蝶兰：兰科、蝴蝶兰属植物。其花朵艳丽娇俏，赏花期长，可用于馈赠。

题晓玫所摄黄金莲花图

水云深处种幽莲，妆试风鬟晓镜边。

更有花黄初出蕊，霓裳一曲濯清弦。

（2020-02-15）

注：①风鬟：形容女性好看的发式。②霓裳：《霓裳羽衣曲》，唐代乐曲名，相传为唐玄宗所制。

望　雪

冬寒夏燠塞穹窿，八万皇图景不同。

何日东南归化内，披襟怅忆郑成功。

（2020-01-05）

①夏燠：夏天炎热。②皇图：皇舆，国家地图。③郑成功：明末清初军事家，抗清名将，民族英雄。曾收复台湾。

静 夜

索寞窗前坐耄翁,疏枝月影感朦胧。

闲推玉罟无诗句,一片幽光忆远公。

(2020-01-05)

注:①索寞:缺少兴味,孤独。②玉罟:玉制的酒器。③远公:慧远的尊
称。东晋时名僧,其大力弘扬净土法门,被后人尊为净土宗初祖。

题鲁谷村

桑干曲绕对神京,草舍三椽蔽老生。

吟句未臻层岭瘦,修心堪比远湖平。

一冠攸认方山子,百载谁寻野冢名。

孤往道深无客至,春风时访也真情。

(2022-03-21)

注:①鲁谷村:北京西郊石景山区的一个村落。②方山子:苏轼《方山子
传》中的侠士。

山 居

云阻猿啼柳笛哀,双桥雾锁峡风回。

松高昼袅龙蛇动,雨骤宵潜雁鹜来。

盈耳晨留天籁曲,空门晚杜霓裳堆。

每期月下群仙至,醉唤姮娥侑玉台。

(2022-01-24)

注:①霓裳:用彩霞缝制的衣裳。②姮娥:即嫦娥,月中女神。

寒　夜

惯看四野换阴晴，独对松风坐五更。

生死久参知静养，悲欢偶起赖谁平？

每怜往事惊回梦，聊伴孤檠自煮羹。

许我从容归一笑，漫听众响到天明。

（2021-12-29）

注：①五更：古时对晚上时间的分段。这里指整个夜晚。②孤檠：孤独的灯光。

骑行过西郊门亭

一径悠悠究竟真？流离颠踣叹孤身。

西山木落凝寒气，碧宇云开现羽轮。

困顿恨多浑水远，逍遥惜少洒家贫。

漫夸大化伊胡底，缘去缘来碾作尘。

（2021-12-20）

注：①门亭：北京西郊门头沟区的一处凉亭，在永定河边。②伊胡底：伊于胡底。《诗经》："我视谋犹，伊于胡底？"

晚立阳台

夜深索莫两蓝高，眼里星河到野郊。

光冷人间诸品静，烟轻云路紫禁遥。

十年作语夸韬数，天下怜才恨斗筲。

一自英雄零落后，相期抵掌更寥寥。

（2021-12-20）

①索莫：又作索寞、索漠。冷落没有生气的样子。耶律楚材《和冲霄韵》："天涯索寞正穷秋，衰草寒烟无尽头。"②两蓝：这里指戒台寺和潭柘寺。

步韵老伴张燕《生日有感》

花甲福全喜有孙，冬来万物恍如春。

话唠今日多温软，眼放前程更俭勤。

知味独酌沧海水，感情自笑百年心。

凭君辛苦家平顺，老叟焉辞醉伯伦！

（2021-12-18）

注：①老伴张燕原文："花甲有二生日，我要特别感谢先生精心准备二人世界午宴！感谢女儿女婿红包祝福并将蝎王府特色搬回家，晚餐共享团聚之乐！感谢女儿的徒弟雪儿的精美蛋糕！谢谢家人朋友们的关心和爱！有你们真好！火锅沸腾，酒醇茶香，浅吟几句，纪念有外孙后的愉悦心情及所思所感。"附张燕《生日有感》："辛丑立秋有外孙，老妪花甲又逢春。生活节奏依他变，琐事精心自勉勤。苦乐交织难以表，牛娃茁壮我开心。护航成长长期盼，其乐融融享天伦。"②伯伦：刘伶字，魏晋名士。嗜酒不羁，被称为"醉侯"，存世作品有《酒德颂》。

骑行园博大道

曾惊无计书斋困，一旦骑行鸟脱笼。

雁阵声来河曲北，皇城影剪气横东。

犹疑时辨三岔路，纷落堪怜五角枫。

迢递艰难谁肯我，只如片絮入鸿蒙。

（2021-11-15）

注：①园博大道：京西永定河边的一条马路。②河曲北：河流曲曲折折向北方蜿蜒而去。③肯我：理解我，赞同我的做法。

过永定河沙上植物园

单骑忽叹阮郎穷，揽物彷徉自抱冲。

平野萧疏惊远客，碧浪澎湃落孤鸿。

农家有作田畴趣，钓叟无言岸柳风。

日晚踌躇归不得，河边更染一滩荭。

（2021-10-26）

注：①沙上植物园：北京丰台区永定河滩上的公园，多沙生植物。②抱冲：冲和的态度。韦应物《与韩库部会王祠曹宅作》："守默共无咎，抱冲俱寡营。"③荭：一年生草本植物，常生水边，入秋红色。

登中央电视塔

刺破重霄两寺东，老夫独上几人同。

无边蚁冢喧凡界，一粒金丹烛紫穹。

潭印荻芦神殿在，台繁丝管冷秋逢。

忘机未觉浮云起，且把金卮酹遥空。

（2021-10-22）

注：①中央电视塔：坐落于北京市海淀区西三环中路西侧，东临玉渊潭和
钓鱼台，南望公主坟，北瞰阜成路。②紫穹：苍茫的天空。

登永定楼

西郊暇日客游多，老衲登高意若何？

云涌晴空山挺秀，风吹绿树水扬波。

皇城缥缈生迷雾，古道蜿蜒入紫萝。

诸品历然收眼底，红尘惹得释家呵。

（2021-09-30）

注：①永定楼：位于北京市门头沟区永定河畔，整体建筑设计的雄浑之中
又不失精巧，同时秉持了我国独特的古建筑风格。②老衲：年老的僧人。
③古道：京西古道。

弈 道

人间围空事如之？方寸能窥宇宙奇。

白黑阴阳藏奥妙，守攻急缓化参差。

智开千古神尧法，柯烂山中一局时。

欲识英雄征伐苦，金戈铁马到东篱。

（2021-09-29）

注：①弈道：对弈的规则，道理。②方寸：范围小，这里代指围棋棋盘。
③柯烂：斧柄朽烂。典出任昉《述异记》，喻时间久远。

夜 读

漫天秋雨落平林，万籁归宁漏已深。

窗外湿光枝潲潲，灯前孤绪意森森。

风流何处金尊换，钦羡唯多古圣吟。

惝恍远村鸡唱早，依稀耳畔到寒砧。

（2021-09-27）

注：①平林：平原上的林木。李白《菩萨蛮》："平林漠漠烟如织，寒山
一带伤心碧。"②寒砧：古代指寒秋时赶制冬衣的捣衣声。这里泛指夜里
远方传来的声音。

秋日雨居

镇日凝思拥薄衾，伏听淅沥到秋霖。

风凉玉穀今初罢，蚁绿泥炉独小斟。

但作浮生樗里客，终成击水梦中心。

遣怀许我消长夜，灯影婆娑费苦吟。

（2021-09-25）

注：①镇日：整天，从早到晚。陆采《怀香记》："幽窗镇日闻莺燕，倚栏干柔肠千转。"②樗里客：喻平凡没有大用的人。

偶 题

自请骸归又一年，时光暗换雪盈颠。

偶追世事轻如梦，细绎人情淡似烟。

奇骨肯将填野壑，余生究愿入三椽。

欲图应识神山渺，且把金卮竟日眠。

（2021-09-24）

注：①骸归：古代官吏自请退职，常称"乞骸骨"。权德舆《送崔谕德致政东归》："乞骸归故山，累疏明深衷。"②三椽：喻房屋很小。

骑行房山长阳镇

浓荫处处掩瑶田，百户初升几缕烟。

鸡唱木鱼闲媪定，曲催水气野花眠。

蜜蜂飞舞来篱外，小径伸延到屋前。

停看河乡秋色里，真心爱此一方天。

(2021-09-21)

注：①长阳镇：北京市房山区下辖镇，东临永定河。②瑶田：肥沃的田园，
仙人的园圃。鲍溶《与峨眉山道士期尽日不至》："瑶田有灵芝，眼见不
得尝。"

过丰台紫谷

骑行紫谷入河乡，盛意牵襟到翠廊。

径接人家俱静好，篱藏花圃自芬芳。

水边鹄落群姑浣，柳下蝉嘶彩蝶翔。

欲向村翁询酒肆，忽来薄雾湿衣裳。

(2021-09-18)

注：①紫谷：又称紫谷伊甸园（Purple Valley Eden），是北京市丰台区永
定河水岸一处风景点。②酒肆：买酒的地方，酒馆。

游昆玉河寄李翰林

拟将病老付乌藤，讵料瑶宫现裸僧。

近岸浮凫今喜又，中流击楫愧何曾。

酒杯与约应稍减，髀肉容矜不再增。

表里俱澄天地阔，许君能始亦能恒。

(2021-08-26)

注：①昆玉河：从颐和园昆明湖到玉渊潭的水道。②李翰林：作者友人，野泳爱好者。③髀肉：大腿上的肉，多余的肉。

八月七日纪事

初逢吉候振金声，忽报珠胎玉汝成。

北缔长城龙虎气，西环崇岭柳韩营。

何期晚景期麟获，更得佳时得戍生。

若许精微烦老叟，五行细酌锡嘉名。

(2021-08-07)

注：①吉候：吉利的时辰。作者孙辈夏隽哲2021年8月7日19点46分出生。②振金声：秋天的声音。③柳韩：柳宗元和韩愈，文章代表。④麟获：获麟的倒装。

骑行过宛平城

梦影依稀数十回，卢沟景色对天开。

古城烟雨随风去，高速车流逐浪来。

谁令瓦窑陶瓦釜，何曾大成辟大才？

人间变幻苍茫里，倚剑还行浊酒杯。

(2021-08-10)

注：①宛平城：宛平城在北京西南，是一座古城，附近有卢沟桥风景区。
②瓦窑：京西地名，有大瓦窑、小瓦窑。③大成：京西地名大成路。

骑行自题

既膺潮论健康行，入手轻骑笑已倾。

永定河长欣放纵，卧龙岗陡苦强撑。

铃传古道忘昏老，盔映流霞识晚晴。

归去一壶邀对饮，应猜夸父亦猜卿。

(2021-08-06)

注：①潮论：流行的观点主张。②已倾：已经倾尽积蓄。③夸父：中国上
古时期神话传说人物。成语"夸父追日"喻坚韧不拔，也喻自不量力。

自驾归来

韬迹悬车几许轻，西行蓄志久峥嵘。

关开道佛衡高下，壑切华戎走代并。

羽化风尘茶卡接，森然剑戟雁门横。

归来拂尘相谈笑，不负平生不负卿。

(2021-05-27)

注：①韬迹：隐藏自己的踪迹。王勃《彭州九陇县龙怀寺碑》："禅师括囊泉石，韬迹烟霞。"②悬车：指告归田里，退休。《后汉书》："闭门悬车，栖迟养老。"③代并：代州和并州，古代西部地名。

西藏归来

此生必驾三一八，北线犹驱万里车。

扎布布宫俱圣洁，念青青海各清嘉。

丹霞沙碛荒城远，羌砦盐湖古道斜。

莫说雨餐兼露宿，归来笑他凤池夸。

(2021-05-20)

注：①此生必驾三一八：自驾西藏的通用口号。三一八是指川藏线318国道。②扎布：西藏日喀则扎什伦布寺的简称。③沙碛：荒漠，沙漠。④凤池：即凤凰池。谢朓《直中书省》："兹言翔凤池，鸣佩多清响。"

登雁门关

层峦叠嶂阵参差，夕照楼头列大旗。

塞雁影随烽燧散，边笳风咽暮云垂。

犹听荒漠来胡警，似见雄关出劲师。

四野茫茫寻毅魄，倩谁扶我醉金卮？

(2021-05-19)

注：①雁门关：位于山西省代县雁门山中，是长城上的重要关隘，以险著
称，被誉为"中华第一关"。②塞雁：边塞上空的雁阵。杜甫《登舟将适
汉阳》："塞雁与时集，樯乌终岁飞。"③劲师：强大的队伍。

雁门关

云路逶迤缥缈间，天倾牛斗翠峰环。

三边冲要无双地，九寨尊崇第一关。

空许长城遮羯狄，还凭险境拥杨班。

何期谁雪中原耻，又向江门哭海山。

(2021-05-19)

注：①牛斗：天上星座的牛宿和斗宿。②羯狄：西北部的少数民族。③杨
班：杨宗保和班超，二人均是古代著名将领。④海山：海疆的领土。

题嘉峪关游击将军府

高楼耸峙肃州西，风起黄沙掩马蹄。

断续胡笳千户静，依稀秦阙两关低。

佳人妆浅窗前画，好句情多月下题。

闲对清辉生寂寞，忽听塞外乱征鼙。

（2021-05-04）

注：①游击将军府：位于甘肃省嘉峪关市嘉峪关文物景区，初建于明隆庆年间。②两关：函谷关和崤关。

青海湖

望中碧海对天蓝，移步长桥客兴酣。

一剑卧波神郎饮，千家映水玉笏参。

妙文大可归苏轼，玄想何须阻李聃。

风涌洪涛无尽恨，心颀云鸟欲图南。

（2021-05-07）

注：①一剑：青海湖二郎剑景区。②图南：向南方飞行的计划。此处暗喻将来的南方旅行目标。

从阿尔金山到敦煌

奇峰如簇雪原寒，夜碾星晖度乱山。

偏爱穷边羌笛曲，老登荒垒玉门关。

且惊漠漠分物候，欲射蒸蒸哭人寰。

踏遍黄沙瀛岛远，清凉未到鬓先斑。

(2021-05-01)

注：①羌笛：我国古老的单簧气鸣乐器，流行于四川北部阿坝藏羌自治州
羌族居住之地。②黄沙：我国西部荒漠之地。③鬓先斑：衰老的样子。陆
游《书愤》："塞上长城空自许，镜中衰鬓已先斑。"

雅鲁藏布大峡谷

天将奇景踞西南，又纵清流万座山。

雾起林中蒸巨壑，雪拥云际阻千关。

落花未碍索松美，残垒犹说工布艰。

神域合堪明大有，迦巴共我笑开颜。

(2021-04-17)

注：①雅鲁藏布大峡谷：世界上最大、最深的峡谷。大峡谷北起米林县派
镇大渡卡村，南到墨脱县巴昔卡村，大峡谷的主体在墨脱县。②索松：西
藏自治区林芝市米林县派镇下辖自然村，风景名胜区，以桃花著称。③工
布：即工布噶波王，吐蕃统一前今拉萨东南部工布地区小王，曾与林芝王
争霸。④迦巴：即南迦巴瓦峰，地处喜马拉雅山脉、念青唐古拉山脉和横
断山脉的交会处。

春到永定河

浑河始解雾笼沙，风动山阿燕子斜。

青草水浮高阜柳，苍岩栉比近畿家。

茅匀原野初生絮，藤蔓墙头别绽花。

几杵钟声来圣殿，将分春色到天涯。

(2021-03-07)

注：①浑河：永定河。玄烨《石景山望浑河》："石景遥连汉，浑河似带流。"②
圣殿：这里指皇城。

冬日自驾重访京西上苇甸村

又访孤村意气豪，计来云岭第三遭。

路凌绝巘穿崖洞，车作仙舟渡鹊毛。

往岁颇赉天下志，壮心难委草中膏。

风光还记生花笔，更遣荆钗醉醴醪。

(2021-02-05)

注：①上苇甸村：北京市门头沟地区有名的"泉山之地"，是少见的北国
水乡。②鹊毛：喜鹊的羽毛。张嘉贞《石桥铭并序》："亦有停杯渡河，
羽毛填塞。"③草中膏：野草中的肥料。班固《苏武传》："空以身膏草
野，谁复知之！"

无 题

为寻旧梦过寒林，仰对青冥泪湿襟。

村冷萧疏罗雾淡，河长宛转啮岩深。

断垣残雪桥焉在，羸马荒原路欲沉。

我叹元嘉真草草，天凉唯有道晴阴。

（2021-01-23）

注：①青冥：很高的天空。②萧疏：冷落荒凉的样子。③元嘉：南朝宋文帝刘义隆的年号。

涞水印象

清流襟带碧山屏，稀落烟村野望青。

草掩断碑留晋貌，风生残堞出秋暝。

三皇飞渡仙何了，一阕吹弹曲未听。

最吊西冈斜照里，塔高夐绝树凋零。

（2021-01-17）

注：①清流：清澈的流水。此指涞水县境内的拒马河。②残堞：破败的城墙。③三皇：即三皇山，坐落在拒马河一渡附近。④一阕：一曲，涞水县古乐曲，相传为黄帝乐工所制。

莲石湖所见

弓引轮囷冷露侵，石桥槛外晓星沉。

缔流浑水龙城固，阵列苍山玉扆深。

宸殿云浮堪擘画，壮心谁会共诗吟。

忽来银羽横天际，红日蒸蒸上御林。

（2020-12-31）

注：①轮囷：盘曲貌和硕大貌。②浑水：永定河。③玉扆：用美玉装饰的屏风。④银羽：白色的鸟。此指飞机。

入手传祺 GS8

豪灯炯炯射遐方，自运相期称擅场。

轮得纵横风八稳，镜兼前后翼双张。

爬坡扭距雍容态，升挡轰油速度王。

他日若随苏子猎，苍黄应笑我猖狂。

（2020-11-17）

注：①炯炯：明亮的样子。②自运：自动挡 D 和运动档 S。③风八稳：即八风不动。④扭距：发动机的扭矩就是指发动机从曲轴端输出的力矩。⑤苍黄：青色和黄色。苏轼《江城子 / 密州出猎》："老夫聊发少年狂，左牵黄，右擎苍，锦帽貂裘，千骑卷平冈。"

大东海酒店高邻聚会

何处京城称翠华？大东海出冠千家。

钟鸣食列王侯势，波涌池开富贵花。

堂上谠论竞邈远，梦中楠榻岂豪奢。

屈伸原是英雄气，羡我高邻举世夸！

（2020-11-07）

注：①翠华：天子仪仗，喻高贵之极。②大东海：北京大东海国际大酒店。
③豪奢：豪气而富足。柳永《望海潮》："市列珠玑，户盈罗绮，竞豪奢。"
④高邻：山水醉小区英雄群。⑤附张燕诗二首。《高邻相聚感怀之一》：
"相聚高邻互道安，离情别绪泪浸衫。私人秘境成乌有，世界宜居变废园。
满目疮痍如意岭，青山绿水枉多年。基层公仆增学养，法制中国任务艰。"
《高邻相聚感怀之二》："高邻相聚大东海，畅叙友情笑口开。合力维权
凝智慧，同心护法聚雄才。峥嵘岁月齐参战，患难之交永记怀。携手共寻
新居地，文明再建好运来！"

生　日

商歌不闻自佣耕，九畹滋兰巷未名。

晏起每惊升丽日，无拘何事入愁城。

意中小袄裘同暖，世外闲人鼎觉轻。

年老唯耽诗与酒，春风江上更峥嵘。

（2020-11-02）

注：①佣耕：受雇为田主耕种。②巷未名：所居之地极其普通，连地名都
没有。③小袄：小棉袄，俗语代指女儿。④附张燕《感怀》："美酒佳肴
女儿心，鲜花朵朵添温情。祈福许愿藏花语，溢美贤能惠至亲。寸草春晖
爱无价，贴身小袄护殷勤。知足常乐人舒畅，如意吉祥岁月新。"

咏 菊

天道无心缀大荒，凌霜傲放到重阳。

蝶藏玉叶萧萧冷，风过雕栏隐隐香。

何若洒家胸次净，平添古卷烛光黄。

唤谁觅得陶潜约，把酒篱边岁月长。

（2020-10-25）

注：①大荒：边远荒凉的地方，广大的原野。②洒家：类似现代的俺、咱等，宋代语义中有粗鄙的意思。③陶潜：东晋陶渊明。

隆化金水湾温泉度假村

万里奔波幸有身，更邀坝上洗征尘。

月窥罗帐惭庸朽，汤沐冰姿出太真。

睽隔重逢如梦幻，流连多许好逡巡。

随风寄语南来客，爱此秋光近紫宸。

（2020-10-13）

注：①坝上：由草原陡然升高而形成的地带。②太真：杨贵妃，法号太真。曹雪芹《咏白海棠》："出浴太真冰作影，捧心西子玉为魂。"③紫宸：皇帝的居所。这里指承德避暑山庄。

捡蘑菇

路远山低浴新晴，驻车入林草青青。

雾起苍岩织轻帐，云碎绿地缀繁星。

日影筛落色窈晦，牧女辗转姿娉婷。

采得山珍一筐去，好付厨下助遐龄。

（2020-09-03）

注：①窈晦：阴翳之色。②娉婷：女子曼妙的身材。

地　池

林荫翳日景参差，玉镜飞来陷地池。

晶莹环堆凝玛珥，斑斓披散覆琉璃。

岸高气驻波不皱，渊静云潜鸟应知。

因忆江南桑梓水，秋风今夜到西陂。

（2020-09-02）

注：①玛珥：像玉一样清澈的湖泊。②桑梓：代指故乡。

阿尔山寄李宏伟

方将鞭马揖名区，忽接鹏程小踌躇。

壮岁恨不天下敌，雅坛敢问几人都。

萧骚每应栖岩穴，穷困更无买的卢。

莫叹此行多冷雨，遥遥计有漠河沽。

（2020-09-02）

注：①名区：名胜风景区。②萧骚：形容风吹树叶等的声音。③的卢：额部有白色斑点的马，名马。④漠河：即漠河镇。

赠王姐并寄诸高邻

玉砌瑶台有异香，花灯结彩步琳琅。

曲心散淡楼前水，怒发惊多岭上霜。

箸绕烟轻堪话旧，盏倾酒冽应歌狂。

冰轮一片还知我，福赐英雄岁月长。

（2020-08-21）

注：①王姐：山水醉小区邻居王玉苓老师，2020 年 8 月 21 日北京龙城花园英雄业主聚会东道主。②冰轮：月亮。苏轼《宿九仙山》："夜半老僧呼客起，云峰缺处涌冰轮。"

江建平弟来京遇大雨

误投尘网意如何？聊将平生寄劫波。

曾是风华曾浪漫，半成欣慰半蹉跎。

勉从桑梓真称弟，自笑江湖没用哥。

相见喜温毛铺酒，一窗豪雨付吟哦。

（2020-08-12）

注：①尘网：人世间的种种羁绊。②蹉跎：虚度光阴。③毛铺酒：湖北地方名酒。

崂山夜雨

登访名区入紫微，择居崂顶到高矶。

瓦前岭态遮天淡，树上渔灯缀海稀。

倚枕思君惊雪气，临窗听雨隔珠帏。

人生莫滞清凉界，明日游完向路归。

（2020-08-01）

注：①紫微：道教紫微斗数也简称紫微，在中国传统术数体系中被誉为天下第一神数和帝王学。此指崂山高峰。②清凉界：高处的世界，得道的境界。③向路：来路。陶渊明《桃花源记》："便扶向路，处处志之。"④附张燕《崂山遇雨》："雷电交加风雨骤，云蒸雾锁眼迷蒙。崂山揽胜心期盼，观海蜗居醉酒琼。"

归来致泽瑞燕诸同游

风晨雨夕路三千，穷极东陬梦华年。

鼋夜巨蚊车内逐，绝崖小屋海中悬。

遣怀茶酒安知倦，得意诗图更忘筌。

欲辨庄生梁上乐，吾侪必也好游焉！

（2020-08-12）

注：①泽瑞燕：指 2020 年同游山东、内蒙、黑龙江的张泽、张瑞香、张燕。
②东陬：东海极边之地。③庄生：庄子。庄子与惠子游于濠梁之上，有鱼
乐之辩。

游赵州柏林禅寺

意中仆仆远风尘，忽涌丛林就法真。

佛相庄严升宝座，香云弥布接凡身。

慈航普渡黄梅近，净域宏开六祖纯。

心得菩提观万有，自将一悟渡迷津。

（2020-08-11）

注：①仆仆：风尘中旅行的境况。②凡身：普通人的资质。③黄梅：湖北
省黄梅县，六组慧能曾在此地的东山寺修炼。

读弘历赵州道中作有感

谁从帝阙谏之焉，怎奈空华满腹填。

久溺高名非庶望，岂知大任在龙肩。

寡孤妄作多无德，亿兆何期剩有年。

究竟杀青留后世，罪功还俟黎民编。

（2020-08-10）

注：①弘历：清朝第六位皇帝，定都北京之后的第四位皇帝，年号乾隆。
其诗曰："常山初驻翠华旂，老幼瞻依夹道填。饥食寒衣均在念，车尘马足
共摩肩。幸逢四海方无事，益切三时祝有年。惭愧闾阎心爱戴，侍臣勿用纪
青编。"②庶望：老百姓的愿望。③寡孤：称孤道寡，指皇帝。④杀青：
古代在竹片上著文，需要对竹片火烤的工序，称作杀青。此指历史著作。

访上九山古村落

细雨霏霏四野茫，驱车到访石墙乡。

万家流响清泉沛，千树遮荫古径长。

小巷岩边观庶物，曲溪桥外步文廊。

游完渴甚开瓶饮，齐向山村道吉祥。

（2020-08-07）

注：①上九山古村落：位于山东省邹城市西南二十公里处，该村距今已
1100 多年的历史，为国内罕见的石头村落。②古径：古老的道路。③附张
燕诗四首。《洱海苍山》："大理洱海母亲河，电灌航旅功能多。淡水资源
不胜数，渔舟唱晚海涌波。苍洱相映生雅趣，双廊彩绘匠人卓。三面环山一
面水，风光迤逦小普陀。"《大理双廊镇》："远眺苍山十九峰，门临洱海
万顷波。秀美双廊第一镇，民风古朴儒商多。"《腾冲古镇》："云涌吉祥

和顺镇，人杰地灵海外扬。古代建筑存画卷，传统民居历沧桑。粉墙黛瓦徽派韵，楼台亭阁匠心藏。火山石砌具特色，地域文化浸侨乡！"《银杏村》："古树苍劲数人围，状如虬怒黄金堆。气似龙蟠姿凤舞，游客流连乐忘归。"

登峄山

上之未易下尤难，夙梦成真访峄山。

石出层云多崒嵂，崖摩篆刻久盘桓。

树经骤雨罗苍翠，霞织虚空拥碧峦。

援葛扪天寻圣迹，罡风阵过古栏干。

（2020-08-06）

注：①峄山：著名的历史名山。雄峙于山东省济宁市邹城市东南十公里处。②崒嵂：山峰险峻。陆游《大寒》："为山傥勿休，会见高崒嵂。"③罡风：天空高处的大风。刘克庄《梦馆宿》："罡风误送到蓬莱，昔种琪花今已开。"

访微山岛

风雨交加别海陬，驱车来访望湖楼。

堪嗟直谏忠臣恨，作死狂施末主羞。

圮上受书传睿智，阵前请战沮良谋。

壮心未许凭栏哭，烟水茫茫月似钩。

（2020-08-05）

注：①海陬：遥远的海边。韩愈《别知赋》："岁癸未而迁逐，侣虫蛇于海陬。"②望湖楼：即微山岛上的望湖塔。③末主：商朝末代君主帝辛，帝乙少子，史称纣王、商纣王。

登崂山仰口狮峰

寻仙陟彼到云根，自信天街究可扪。

绝岭石蹲狮万座，碧涛海酿酒千尊。

风停层树声疑歇，山仰朝阳势欲吞。

我为烝民祈大愿，亦从彭祖入黄门。

（2020-08-03）

注：①陟彼：爬那座高山。《诗经／卷耳》："陟彼崔嵬，我马虺隤。"②云根：山上的岩石，所以兴雾成云之所。张协《杂诗》："云根临八极，雨足洒四溟。"③黄门：道家的别称。

题太清宫老聃像

仪容高古顶嶙峋，指画幽玄碧海滨。

世道周流归大化，圣人辩诘叹龙身。

修仙恒久何如易，通理精微欲究真。

万事权当无极看，五千言尽揖凡尘。

（2020-08-03）

注：①周流：周遍流行，遍及各地。《离骚》："览相观于四极兮，周流乎天余乃下。"②龙身：龙的姿态。《史记／老庄申韩列传》："吾今日见老子，其犹龙邪！"③五千言：老子的《道德经》。④附张燕《游崂山太清宫》："老君峰下太清宫，道教全真理义弘。观宗清净无为治，石龟榆树比苍龙！"

登崂山

高崖景路恨将穷，驻辇携登观海东。
几片渔村堆岸树，千寻垭口裂襟风。
涛传法号宫藏远，玉垒蟠桃石峥雄。
更踏瑶峰舒万里，轻烟五点出鸿蒙。

（2020-08-02）

注：①景路：饶有风景的道路。②垭口：山势低矮之处。③法号：宗教仪式中法器的吹打声音。

题铁道游击队纪念碑

丰碑帆影耸霄云，敌后强哉善战军。
计出青纱多巧胜，身轻铁道九州闻。
因钦细考初心好，且慕漫行晚日曛。
环顾域中天下事，人民不忘大功勋。

（2020-08-06）

注：①强哉：强大啊！《中庸》："君子和而不流，强哉矫！"②青纱：即青纱帐。夏秋间长得茂盛的高粱、玉米就像青纱制成的帐幕。

渡海访田横岛

痛别山园敢觉轻，望门投岛到田横。

食其毒略焉相问，韩信沉冤几处鸣。

若惑汉高书也假，宁从秦始月非正。

帝心一脉传千古，十五滔滔路易名。

（2020-08-01）

注：①田横岛：位于青岛市即墨东部海域的横门湾中。②望门投岛：指朝
着旅行的目标前进。范晔《后汉书 / 张俭》："俭得亡命，困迫遁走，望
门投止，莫不重其名行，破家相容。"③路易：此指法兰西波旁王朝第四
位国王路易十五。他对人说："我死后，哪管它洪水滔天！"④附张燕《登
田横岛》："欣乘快艇到田横，义士千秋浩气凝。如泣海潮忠烈诉，今人
凭吊古英雄。"

海阳浴场

一道银墙际远天，波涛万顷到跟前。

风吹螺岛摇进退，云接高楼属颠连。

海气渐来烟似织，人心孤往地正偏。

此生消息凭君问，共入瀛洲度耄年。

（2020-07-31）

注：①螺岛：草木茂盛的岛屿。②颠连：连绵不断。毛泽东《清平乐 / 会
昌》："会昌城外高峰，颠连直接东溟。"③耄年：老年。《后汉书 / 杨
彪传》："耄年被病，岂可赞惟新之朝？"

访蒲松龄故居

兀自穷年笑蠹如[1]，玲珑小院作蜗居。

窗前风雨凌云阁，案上狐仙数卷书。

刀刻流离怜幕客，情伤落寞返柴舆。

奇闻悱恻沉荒古，空吊苔痕满石除[2]。

（2020-07-30）

注：①蠹如：像蠹虫一样。②石除：石头台阶。

游大明湖

轻风岸柳竞兰舟，湖畔聊思作小游。

酾水史推曾氏笔，敷山谁及赵公秋。

欲从曲径通幽处，更凭雕栏极远眸。

闲看荷间鱼亦乐，坐来夕照到楼头。

（2020-07-29）

注：①大明湖：位于山东省济南市历下区旧城区北部，由济南众多泉水汇流而成，湖水经泺水河注入小清河。②曾氏：曾巩。曾巩知齐州时对大明湖进行了许多建设改造，并留下《齐州北水门记》。③赵公：赵孟頫，其画作《鹊华秋色图》为大明湖杰作。④附张燕诗五首。《游开封龙亭公园之一》："高耸龙亭万寿宫，悠悠岁月六朝荣。励精图治人勤勉，风雨皇都气势弘。"《游开封龙亭公园之二》："花海长廊留倩影，欢声笑语上龙亭。凭栏纵目烟云散，丝管千家御柳青。"《游开封龙亭公园之三》："高耸龙亭万寿宫，风华但数赵家雄。靖康一战千秋耻，从此腥风血雨中。"《游开封府之一》："天府南衙治有方，藏龙卧虎历沧桑。戒石铭刻昭昭在，贤尹包公古今扬。"《游开封府之二》："雅名首府颂八方，明镜高悬断法堂。一旦两宗为北掳，应知枉费振朝纲。"

游趵突泉寄海阳王澍先生

摩石瀵然出罍清，观流泺水意难平。

剑光郁结千秋恨，词采空留四海名。

闲鹤步林迷老眼，重檐听笛厌嚣声。

天涯何处寻佳境，醉里依稀岭上情。

（2020-07-28）

注：①瀵然：水沸涌貌。欧阳修《丰乐亭记》："中有清泉，瀵然而仰出。"
②泺水：趵突泉流出的水汇成湖泊称为泺水。③岭上：指野三坡山水醉如
意岭。

题归钓图

权把斯民向昊祈，纶音每证法须依。

暴情虽可施穷水，德泽然不润近畿。

入海谁怜千户难，射原有待几时稀。

厌闻日大兼空假，风雨孤舟到钓矶。

（2020-07-20）

注：①入海：此指田横五百壮士事。《史记》："乃复使使持节具告以诏
商状，曰：田横来，大者王，小者乃侯耳；不来，且举兵加诛焉。"②射
原：在原上射猎。《资治通鉴》："帝尝出射雉，顾群臣曰：射雉乐哉！
毗对曰：于陛下甚乐，于群下甚苦。帝默然，后遂为之稀出。"

赠李峥峥并寄何润宇先生

夏日何期李杜风，戍边咏絮各不同。

曲高好羡天掠羽，饮尽哪堪冰语虫。

剑拔楼台杯俎外，恨生山水笑谈中。

或怜一揖江湖远，应向蓬瀛梦里逢。

（2020-06-27）

注：①戍边咏絮：皆诗派。以王昌龄、薛涛为代表。②掠羽：飞过天空的鸟。③一揖：拱手相别。

纳　凉

拂柳分花酒后憨，悠然鼓腹到桥南。

村前雾起高峰列，栏外波横阔峡涵。

曼舞细腰歌未已，纵谈旨远意正酣。

清凉世界应如此，缁羽归来一并参。

（2020-06-25）

注：①憨：酒后笨拙之态。②鼓腹：酒足饭饱用手拍打肚皮。岑参《南溪别业》："逍遥自得意，鼓腹醉中游。"③缁羽：指佛家与仙家。

菜　园

何处清风度美辰？一畦绿圃两情真。

光阴荏苒知天命，碧色葱茏慰老身。

常愧维权无妙术，幸能摘菜赠芳邻。

人传昨夜冯唐遣，自叹山翁已六旬！

（2020-06-25）

注：①维权：保卫家园。②冯唐：西汉人。文帝派遣冯唐去赦免魏尚，使
其复职云中郡守。③附张燕《菜园剪影》："墨镜镰刀防晒帽，弯腰拔草
护瓜苗。手磨血泡何嫌累，翻土培根玉米苕。"

桥　上

朝云翳日峡天阴，旗偃风轻众响沉。

一水蜿蜒缥邈远，双峰清冷剑严森。

凌欺百姓千秋罪，死保家园亦我任。

此处维权同护法，悲歌慷慨照丹心。

（2020-06-18）

注：①翳日：太阳被遮住。孔融《临终诗》："谗邪害公正，浮云翳白日。"②
一水：此指拒马河。③附张燕《端午节有感》："桃红柳绿粽飘香，山水
高邻聚路旁。慷慨维权同护法，集思广益大家忙。吹拉弹唱迎端午，曼舞
轻歌正气扬。即兴主持真给力，团结互助意绵长。"

读史记事

云峰雄峙曲河低，山水人家布阵迷。

如意门前藏巨弹，滑沙墙上滚钢藜。

壮心堪作刑天舞，急鼓遥听铁马嘶。

莫笑老翁非死士，也将巧计取洮西。

（2020-06-14）

注：①如意门：此指山居后门名。②刑天舞：刑天舞干戚是古代中国神话传说。

浮山馆晃椅

座上沉浮草木摇，忽拎思绪入重霄。

流光环映天花落，惊鹭孤飞叶影飘。

谁饮欣悲治世错，且怜翻覆半生潮。

聊将隙间当闲景，忽接山风更寂寥。

（2020-06-16）

注：①浮山馆：野三坡公共建筑名。

山 景

谁遣清流此处弯，云遮百户绕崇峦。

行吟骚客朝霞丽，坐忘贫僧夜月寒。

东去高桥接帝宇，层开秘境耸螺鬟。

楼前遥想仙归意，忽见轻鸥过玉栏。

(2020-06-12)

注：①清流：清澈的拒马河水。②骚客：诗人。纳兰性德《满庭芳／题元人芦洲聚雁图》："我欲行吟去也，应难问，骚客遗踪。"③帝宇：帝王的殿宇。《晋书／乐志下》："鲸鲵既平，功冠帝宇。"

钩 沉

强加贼意未消停，一处敲锣几处惊。

行帐守门才数武，倚床入梦已三更。

桥来狼迹人人猎，树过风声户户屏。

欲请雷霆殄大恶，还将血肉筑长城。

(2020-06-12)

注：①狼迹：豺狼的踪迹。

题 画

绝域巡行忆三光，疮痍恍惚炬咸阳。

雄才鬼造千秋孽，青史鸦涂满眼荒。

欲悯苍生收众恶，却看金粉出严妆。

百年乘雾终归化，面目何从祭令堂。

（2020-06-11）

注：①青史：历史。②严妆：认真仔细修饰自己。

晨步小景

岸际蒹葭与水齐，白墙隐隐小檐低。

峰遮微月天才晓，路入修篁眼欲迷。

一道银机穿雾上，几声叫卖到桥西。

晨炊未起千家静，坐忘云边任鸟啼。

（2020-06-06）

注：①蒹葭：河流中的水草荻与芦。《诗经／蒹葭》："蒹葭苍苍，白露为霜。"②修篁：高大的竹子。吴巩《白云溪》："山径入修篁，深林蔽日光。"

自京返家

东暾冉冉正稍熹，车出张坊景愈奇。

普渡林深湖潋滟，仙栖峰矗树参差。

鹤停浮筏真堪共，水逐飞花数欲疑。

呼妇归来斟小酒，醉看夕照上鸡埘。

（2020-06-04）

注：①东暾：初升的太阳。②张坊：北京市房山区镇名。③普渡：普渡山庄。

读张之洞《輶轩语》

恭邀上面輶轩行，微服兼听众怨声。

黎庶同挥旗帜帽，荆条急击战云钲。

小区竹剑投枪短，嘹亮歌喉气韵清。

小吏徒知强轧乐，不如请革事佣耕。

（2020-06-04）

注：①輶轩：古代宫廷派出的小车，四出采风。②请革：请求革除官职。

贺《民法典》①

曾诧年来世道倾，青山绿水起争衡。

欺民竟立攻城誓，乱政狂矜滚石惊。

四野衙门多小丑，人间何处是归程。

煌煌法典今颁布，不护庸官护众生。

（2020-06-03）

注：①《民法典》：即 2021 年 1 月 1 日开始施行的《中华人民共和国民法典》。

山 神①

隔岸神明定坐严，赐民护法吉祥签。

山崩力拔勾机屈，河涌雄辩吏口钳。

足踏罡风收鬼魅，手牵时雨润闾阎。

且期众志成城日，欣看诸妖一并歼。

（2020-05-29）

注：①山神：山水醉小区附近有山神峰。

山水醉

翠染群峰紫笼沙，低檐递上是宜家。

沉浮小径连阶净，来去轻鸥入眼斜。

钓掩荻芦桥共影，岚升翁媪雨分茶。

武陵幻作人间趣，聊草新诗一阕夸。

(2020-05-28)

注：①递上：依山筑势，层层而上，错落有致。②宜家：野三坡山水醉小区被评为最美宜居环境奖。③沉浮小径：小区内缓坡上下的小路。④武陵：陶潜《桃花源记》里的仙境。

无 题

一从山水坏风生，铁履勾机露狰狞。

拒侮结心盘古力，护家列阵亚夫营。

宏图改革谁停摆，大梦翻腾更毁成。

坚信人间崇正义，小区明日迎新晴。

(2020-05-27)

注：①盘古：我国古代开天劈地大力士。②亚夫：西汉周亚夫，治军严整。③附张燕《维权》："维权整整一个月，强戴帽子仍未摘，任重道远须合力，尊重宪法护民宅。"

有所思

谁施稗政对民刁？强毁歪风卷恶潮。

怪兽隆隆推众宅，红旗猎猎驱山魈。

敢轻国法神州难，自变初心大厦摇。

百姓好欺真未必，手撕一纸照天烧。

(2020-05-26)

注：①稗政：不良的政治措施。《明史》："虽以武之童昏，亟行稗政，中官幸夫，浊乱左右，而本根尚未尽拔，宰辅亦多老成。"②附张燕《无题》："一纸告知书，满篇皆荒唐。欺上借大政，瞒下伤天良。当官害百姓，宗旨全忘光。公信被破坏，抹黑好形象。"

题英伦绝岸图

徒叹风光奈老身，屏搜美景到英伦。

绝崖气郁吞星月，碧海波平跃羽鳞。

空阔销来方欲醉，幽玄悟得究成尘。

无边岸草追天际，落日萧萧掩莽榛。

(2020-04-10)

注：①英伦：指英伦三岛，包括英格兰、苏格兰、威尔士以及北爱尔兰等。②羽鳞：指鸟和鱼。

感　时

仲春北地尚轻寒，二月兰凋柳絮残。

难得小园游百步，却深方丈愧三餐。

佳肴偶逞厨中秀，尘事权当壁上观。

莫说激流非砥柱，只因烛武已蹒跚。

（2020-04-10）

注：①砥柱：形容人很坚强，不屈不挠，像砥柱在激流中屹立一样。②烛
武：烛之武，春秋时期郑国人，智勇双全的爱国义士。

野三坡道中

溪流如练黛山横，绿柳垂绦雨雾轻。

杖下青冈千百步，林中黄鸟两三声。

紫云水唤乌龙出，绛帕头沾野卉迎。

行到犁耙交响处，松阴驻锡看春耕。

（2020-03-26）

注：①绛帕：红色包发头巾。陆游《正旦后一日》："羊映红缠酒，花簪
绛帕头。"②驻锡：僧人出行，以锡杖自随，故称僧人住止为驻锡。这里
指车马停住。孙光宪《北梦琐言》："诗僧齐己驻锡巴陵，欲吟一诗，竟
未得意。"

推特外交有感

西酋无底限颠顸，飞短流长蔑阻拦。

既改毒名欺世卫，频呼壮语冀心安。

何须推特觑嫠妇，大可含糊握两端。

杯俎折冲家国事，草民焉作一旁观。

(2020-03-24)

注：①西酋：西方的首脑。②颠顸：糊涂而又马虎。和疑《宫词》："颠顸冰面莹池心，风刮瑶阶腊雪深。"③嫠妇：寡妇。苏东坡《前赤壁赋》："舞幽壑之潜蛟，泣孤舟之嫠妇。"

春日游莲石湖寄诸昆弟

因感风和日渐长，思将新景试炎凉。

一湾波影捹芦荻，四面山光起缥缃。

久坐亭台偕晚照，欲呼鸥鹭共慈航。

忽惊簌簌桃花落，何处他乡似故乡？

(2020-03-22)

注：①昆弟：同辈人兄弟。这里指辉伦、辉安、辉耀、辉明、辉正、辉晗、辉灿。②缥缃：缥，淡青色；缃，浅黄色。

山　居

山前兀自敛余晖，几杵疏钟出紫微。

云到袈裟依石坐，风招蝙蝠绕檐飞。

孤檠卷合三皇古，淡月窗摇竹影稀。

老朽无端闲踱步，一庭暮雨绿蕉肥。

（2020-03-21）

注：①三皇：指天皇氏、地皇氏、人皇氏，后增补原始社会时期的三个杰出的部落首领或部落联盟首领，即：燧人、伏羲、神农作为三皇。

无　题

久从野老采菰葑，烟雨深山幕万重。

欲遣龙飞髹圣座，更将花贴理妃容。

气高华泰唯恭己，思绝风云众附庸。

成败由来相倚伏，似闻隔水一声钟。

（2020-03-19）

注：①菰葑：泛指茭白一类的水生植物。②圣座：皇帝的宝座。

春　望

倚栏何似醉新醅，寥落谁多屈贾才？

家在崇阿甘寂寞，病移远水老蒿莱。

龙图功业英雄竟，凤阙文章草木灰。

是处无非风雨驿，寻常陌上野花开。

（2020-03-19）

注：①屈贾：屈原与贾谊的并称。欧阳修《送赵山人归旧山》：“屈贾江山思不休，霜飞翠葆忽惊秋。”②蒿莱：野草，杂草。杜甫《夏日叹》："万人尚流冗，举目惟蒿莱。"③凤阙：汉代宫阙名。王嘉《拾遗记》："青槐夹道多尘埃，龙楼凤阙望崔嵬。"

春日出行

自知无力陟崟嵚，聊杖衰身度小岑。

露湿晨光才入涧，花开径草每沾襟。

突峰日昃千林墨，幽壑风潜一面阴。

断续磬声来未已，松涛欲乱老僧寻。

（2020-03-13）

注：①崟嵚：高峻貌。王夫之《南岳赋》："崭岏崟嵚，天门嵖岈。"②日昃：太阳偏西。

登渤海笔架山

碧山俯接岛俱青，客意襟开望海亭。

日毂行天沦左界，地机激水卷东溟。

鸡鸣遥对终风暮，樯伏忧思血雨腥。

四面松涛连角起，余霞散去落零丁。

(2020-03-12)

注：①笔架山：位于辽宁省，道教名山。②终风：西风。后多指大风、暴风。《诗/终风》："终风且暴，顾我则笑。"③零丁：零丁洋。位于广东省珠江口外，为一喇叭形河口湾。

孟津待渡

隔水遥看两涘间，天风海雨一舟摞。

萧萧落叶前秦镝，猎猎飘旌蜀相纶。

欲捣龙庭招旧梦，应从匹马斩千关。

洪波涌起瓜洲渡，捷报将军奏凯还。

(2020-03-09)

注：①两涘：两岸。《庄子》："泾流之大，两涘渚崖之间不辨牛马。"②瓜洲渡：位于扬州市古运河下游与长江交汇处的古渡口。陆游《书愤》："楼船夜雪瓜洲渡，铁马秋风大散关。"

忘 归

独坐溪头晚渐凉，花随流水入遐方。

浥尘金柳天澄净，盖野淯声气郁香。

绮梦千回堪市隐，惊涛万里久鹰扬。

每思草木徒膏处，便欲疏狂掩八荒。

(2020-03-08)

注：①绮梦：瑰丽的梦境。②鹰扬：高飞远引。《诗经》："维师尚父，时维鹰扬。"

赠故人

忆昔犹多意未平，欲将别处筑高京。

三山伏草风烟淡，十载浮槎海水明。

孤诣曾留关尹客，自酬岂望伯伦名。

如今一揖君归去，江上嘎然鼓瑟声。

(2020-03-04)

注：①高京：指人工筑的高丘。《后汉书／公孙瓒传》："瓒虑有非常，乃居于高京，以铁为门。"②关尹：尹喜。先秦天下十豪，周朝大夫。老子授其五千言。③伯伦：刘伶字。伶尝作《酒德颂》，自称"惟酒是务，焉知其余"。

步韵崔颢《黄鹤楼》

一自名城罹难后，鹤飞仙杳剩空楼。

龟蛇有泪山归静，江汉无声水去悠。

浓雾迷蒙传玉笛，残阳明灭照萍洲。

茫茫梼杌谁堪忆，不尽人间万古愁。

（2020-02-25）

注：①崔颢《黄鹤楼》原韵："昔人已乘黄鹤去，此地空余黄鹤楼。黄鹤
一去不复返，白云千载空悠悠。晴川历历汉阳树，芳草萋萋鹦鹉洲。日暮
乡关何处是？烟波江上使人愁。"②罹难：武汉遭遇新冠病毒袭击。③梼
杌：楚国史书名。

咏　松

上干青霄下扎深，纷披鳞介一身针。

云镶傲耸千秋寿，气运悲鸣万壑音。

幽谷悬崖真劲健，清风寂夜合孤沉。

龙姿伟岸称今古，独许凌高睨世心。

（2020-02-23）

注：①劲健：刚强有力。②孤沉：孤独和低沉。

咏 怀

半持孤诣半高明，晚岁萧然客帝京。

收放修贤崇气象，去留蹈古谨归程。

花丛笛怨尊前舞，子夜乌啼梦里惊。

知己算来唯有酒，将赍余乐说庄生。

(2020-02-23)

注：①帝京：北京古城。边贡《重赠吴国宾》："休把客衣轻浣濯，此中犹有帝京尘。"②庄生：庄子。③附张燕《晚景》："窖藏陈酿香醇厚，耳顺年尊静候秋。援手亲朋增智慧，帮忙儿女有追求。养花种草多闲趣，散步读书少病愁。名山大川观美景，天涯海角任神游。"

春 望

又闻南报此心哀，杖扶佝偻到露台。

寥落何方居净土，绵长愁绪绕天隈。

神京究少降妖策，四塞徒多假节才。

春气不因人事晚，暗催畿辅野花开。

(2020-02-22)

注：①佝偻：脊背向前弯曲。②四塞：四方边塞。方苞《七思》："荆榛四塞兮涂冥冥，连山赤黑兮延火烝。"③畿辅：国都附近的地区。《南齐书／王融传》："汉家轨仪，重临畿辅。"

感 怀

忍把浮名付劫灰，几多悲喜凭谁裁？

中流击楫涛千里，未若倾情酒一杯。

塞上狂歌征鼓歇，亭边闲记老翁颓。

繁华瑶梦成空忆，光影尤兼日夕催。

（2020-02-22）

注：①劫灰：劫火后的余灰。慧皎《高僧传》："世界终尽，劫火洞烧，此灰是也。"②光影：日光。指人生的时光。

二月十九日大醉书壁

雨水初来入早春，仍哀神域正沉沦。

厌闻鼓噪千家说，忍看鱼喁四海民。

极谏焉巢临险幕，安居暗祷遍周夤。

揽屏每到艰难处，益信聃言果不仁。

（2020-02-19）

注：①鱼喁：鱼儿喁水的样子。比喻老百姓的生活。②周夤：周围的种种关联。③不仁：不仁厚。老子《道德经》："天地不仁，以万物为刍狗。"

题 图

瑶台料应著严妆，海上烟霞究未忘。

诗斗灯前同剪柳，花开陌上每飞觞。

金仪细酌歌随梦，檀板轻敲曲断肠。

无那云浮千万里，几番风雨到潇湘。

（2020-02-19）

注：①檀板：乐器，因常用檀木制作而有檀板之名。唐玄宗时，梨园乐工黄幡绰善奏此板，故又称绰板。②无那：无奈。杜甫《奉寄高常侍》："汶上相逢年颇多，飞腾无那故人何！"

夜 思

苍茫浩宇欲何之？底事来惊梦里移。

人创百端犹在手，天观万类若行尸。

沧溟沸煮乾坤动，神鬼群飞上下欹。

一任周流无究诘，坐看窗影到晨曦。

（2020-02-16）

注：①底事：何事。张元干《贺新郎》："底事昆仑倾砥柱，九地黄流乱注？"②周流：变化不居。

京城雨雪

翁然雪雨隔帘飞，浮动春光射紫微。

沪渎匆忙驰太守，龙庭幽滞访京畿。

毒弥楚国谁知重，心欲神州败报稀。

死老魅情牵万里，一卮酹去向天祈。

（2020-02-14）

注：①翁然：水沸涌貌。欧阳修《丰乐亭记》："中有清泉，翁然而仰出。"
②死老魅：老东西，骂人的话。

京城第三场雪

塞地弥天白絮飞，谁将胜算付幽微？

未闻囊策中枢决，却见狐疑四海归。

封事无由亲阙报，得人何计破城围。

如今滕六疯狂舞，岂有闲心滋是非！

（2020-02-06）

注：①幽微：神秘的力量。②封事：密封的奏章。古时臣下上书奏事，防
有泄漏，用皂囊封缄，故称。③滕六：传说中雪神名，用以指雪。

自我隔离

窗前宿草掩墙西，阴转高廊翳眼齐。

灭毒频揩金把手，出门全拜拙糠妻。

夜惊玉枕杯中梦，日上阳台线里栖。

最是老身烦燥起，只能蹑脚到楼梯。

（2020-02-05）

注：①灭毒：消灭病毒。②线里栖：在太阳的紫外线里消毒。③蹑脚：蹑手蹑脚，小心谨慎。

下卷

《昏庸诗苑》百期纪念

人生何所似？夭桃几度春？

诗苑一杯酒，足以慰风尘。

腹枵竟成句，力微曾扶轮。

散淡即称善，混沌未言贫。

击缶多风雅，济世鲜经纶。

伴君且四载，搔发已六旬。

此番赏奇谋，百期又添薪。

（2019-12-02）

注：①《昏庸诗苑》：复旦中文系 8011 同学主办的诗词园地。②扶轮：扶翼车轮，助力之意。颜延之《迎送神歌》："月御案节，星驱扶轮。"③搔发：抓挠头发。

山中寄咏

因我庸才甚，只适灌菜园。

北坡瓜蔓长，南山豆角鲜。

荷锄晨光里，携酒云松边。

相呼童叟近，赠菜邻里缘。

严拒阿瞒饮，绝屏茅庐前。

枵腹唯蔬食，手足多胼胝。

欲语君应笑，此处宜遐年。

（2018-06-18）

注：①阿瞒：曹操小名。曹操邀刘备饮，以论天下英雄，刘备假装不知何

为英雄。②桲腹：空腹，饥饿。赵翼《边外诸土司地清晨必起黑雾》："我
行不蓐食，直以桲腹搏。"

访伊阙

龙门双峰峙，伊水一中流。

春风染鼎原，云气遮东都。

石窟挂绝壁，松风吟春秋。

北邈飞鸟去，南郁烟云稠。

精蓝时隐现，珠塔掠波浮。

临高开胜景，俯虚闲画舟。

风流俱往矣，惟有陈迹留。

江山若入抱，伊阙一望收。

（2021-03-27）

注：①伊阙：即今河南省洛阳市区南约2公里处的龙门。此处两山对峙，
伊水中流，如天然门阙，故名伊阙。②鼎原：地名，即河南省灵宝市一带。
《史记》记载，黄帝在这一带采铜汲水，铸鼎，炼出仙丹给老百姓治病。
③东都：洛阳。

元夕与妇饮

依稀除旧岁，今看灯满夕。

窗前雪乱舞，园柳更寂寂。

老妇备薄醪，一碟卤制秘。

光昏宜小啜，把杯闻酒炁。

至美是微醺，何必阮氏敌。

与语渐含糊，倾颓聊倚椅。

幽光入户明，屏冷漏声迟。

悠悠万事去，一梦枕狼藉。

（2021-01-01）

注：①元夕：元宵节的别名。②卤制：用卤水制作的菜肴。③酒炁：即酒
的气味。④阮氏：阮籍阮咸叔侄。

访邹城上九山古村

细雨笼山乡，到访宜徜徉。

松掩云中路，竹隐石头墙。

高下屋错落，酒醋泉酿香。

良田沉涧底，覆道晚风凉。

小院石磨在，窄巷宿草荒。

耕读其为本，有才荐庙廊。

聂郑满三氏，百户共一乡。

上九来周易，美俗柔纯刚。

（2020-08-07）

注：①上九山古村：位于山东省邹城市西南二十公里处，该村距今已有
一千多年历史，为国内罕见的石头村落。②覆道：上遮风雨的走廊。③上
九来周易：在《易经》里，上九指最上位的阳爻。

冬山停舆

岁杪少逸趣，驻马太行隈。

群山似战戟，冬阳入云怀。

柿树残果在，宿草枯更衰。

溪头无人迹，严冰凝竹排。

峡中冬意饶，小镇冷落街。

正呼围炉火，苏杭雪报来。

欲问江汉事，地僻无邮差。

今夜归何处？启行意已灰。

（2018-01-27）

注：①苏杭雪报：从苏州和杭州传来了下雪的报道。时江南均大雪。②江汉：长江中下游平原，作者家乡一带。

出城偶得

避疫宅居久，自驾出城西。

浑河滔滔失，涧深黄草低。

日轮白如月，山影淡依稀。

寒林藏古道，逸禽出柳堤。

登高望四野，人间若蝼蚁。

寺圮狐争洞，崖悬塍作梯。

都邑犹可见，冷风过原隰。

抑郁沉众响，狂歌路渐迷。

物外得纵酒，饮罢回庐迟。

（2021-01-24）

注：①避疫：躲避疫情。②逸禽：自由自在的鸟。张衡《归田赋》："落云间之逸禽，悬渊沉之魦鲉。"③原隰：广平与低湿之地。张九龄《奉和圣制送尚书燕国公赴朔方》："山川勤远略，原隰轸皇情。"

塞上曲

渡远燕山外，驻马观石林。

大漠何渺渺，浮云混烟尘。

马立岭上黑，鹿伏桦树阴。

枯草摇风动，雪白知塞晴。

村落裂褶里，壑沉碛砾崩。

胡笳依稀断，河曲水渊深。

沙飞康熙阵，岭树噶丹营。

鼙鼓枕戈梦，一曲从军行。

边月咲孤旅，蓐食返京城。

（2020-10-17）

注：①渡远：走很远的路。李白《渡荆门送别》："渡远荆门外，来从楚国游。"②噶丹：噶尔丹，准噶尔部人，贵族首领。1697年康熙第三次征讨噶尔丹，在乌兰布统一带发生大战，噶尔丹败逃。③蓐食：早上在床席上进餐，比喻勤勉。

采桑椹

陌上有佳树，初夏果满枝。

积缀杂青紫，竞出压条低。

风吹满地落，小径染燕支。

荆花香气袭，野僻游者稀。

有人挎小篓，寻觅草离离。

采采未盈篚，徘徊小径迷。

若有窸窣声，树隙人影移。

亦是采摘人，相呼两不欺。

返回裹暮色，夕阳下崦嵫。

（2019-06-01）

注：①燕支：即胭脂。一种红色的颜料，妇女用作化妆品。亦泛指红色。
苏轼《寒食雨二首》："卧闻海棠花，泥污燕支雪。"②离离：青草茂盛
的样子。③采采：连续采摘。《诗经/卷耳》："采采卷耳，不盈顷筐。"④
附张燕《舅妈摘桑葚》："年逾七旬雅兴高，爬山摘果乐陶陶。眼尖手快
心明亮，桑葚装瓶酿美醪。"

樱花节致东瀛游女

故国正闹春，有女客东瀛。

不作玉兰看，却成樱花行。

无视天堂美，蕞尔岛国矜。

此处花烂漫，彼岸落纷纷。

赏花已不及，何堪葬花人。

悔之在秘所，哀泣惹谁怜？

急买苏杭票，明日登归程。

入境花事了，茫然对友亲。

处事竟如此，夫复又何云。

（2018-03-28）

注：①游女：旅游中的女人。《诗/汉广》："汉有游女，不可求思。"②
秘所：隐蔽之所。

游吴堡古城

沿黄往北去，风光壮行色。

大河似飘带，高岭令人嗟。

壑转万籁响，路曲落石危。

美景供一瞥，谨驾拒恣睢。

前车上古堡，循辙亦后随。

土窑小径深，城高何崔嵬。

金汤曾自诩，兵锋触亦摧。

石城枣林绿，相顾入翠微。

襟开云入袖，白发任风吹。

因思柔济之，还降到水湄。

(2021-05-16)

注：①吴堡古城：又称吴堡石城。位于陕西省吴堡县宋家川镇附近的黄河西岸山巅。②恣睢：放纵专横，任意胡为，不遵法度。③水湄：水边。

然乌西行

然乌向西去，雨水泽福地。

雪山亘天起，碧流切峡低。

国道夹古木，田园芳草萋。

停车小歇处，蕨芽正离离。

尤爱通木村，花树景致奇。

青壮鲜留守，翁媪随处依。

鲁朗镇虽小，绝世地方僻。

山水称绝佳，烟云日夕起。

美食甲遐方，更有石锅鸡。

春宵一夜梦，明日向林芝。

（2021-04-15）

注：①然乌：即然乌镇。隶属西藏自治区昌都市八宿县，地处八宿县城南部。②离离：草木蔚秀。

国道行

欲图九寨景，先向峡谷行。

白龙江酿酒，青峰若危城。

车穿险岩中，一路桐花馨。

甘南峮川北，往往多泥泞。

凸石瞵鹰眼，窄街入鬼门。

弯道急肘拐，反向险象生。

山峡无余地，落石滑坡频。

上游江流浊，文县更蒙尘。

羸驴人疲卒，幸有酒家停。

梦里祝明日，谁会旅人情？

（2021-03-01）

注：①白龙江：嘉陵江的支流。②无余地，没有平地。

鼠 颂

天本蕃育德，阴阳孳万虫。

大道非多一，受命庶类同。

纵之穿原野，或诞走琳宫。

赋性无所择，兴衰由达穷。

侣兔为鹰猎，蹿生寄甍瓮。

寸光裕人性，两端济词穷。

辈岂凭浪得，溯远及鸿蒙。

投器饶机巧，药施鲜不中。

蛇冤诬共窝，过街竟不容。

圣贤等物我，何事频相攻。

(2020-01-27)

注：①蕃育：广泛的养育。②侣兔：老鼠与兔子为朋，作为生物都是老鹰猎食的对象。

太极圣境

想彼混一时，气运两塞阏。

造化借神力，二仪始入协。

其道无以表，圣人象黑白。

万类相生死，睿智令长嗟。

河山互伸屈，元始留迹耶？

壁悬高千丈，切流焉可测。

气升托飞鸟，峰峦掩日月。

涛吼龙鱼息，风起惧回车。

千壑幻影动，十王殿儆邪。

栈道连霄壤，水云势相接。

揖此风云地，敢始悟道些。

(2121-05-14)

注：①太极圣境：位于陕西省榆林市绥德县沿黄公路旁，被称为"天下黄河一奇湾"，又称"太极湾"，是自然成就的山水奇观。②塞阏：阻塞，不顺。③二仪：天地，阴阳，相反相成。④十王殿：太极圣境风景区内的一处道观。

从巴塘到芒康

沉着出巴塘，伴行金沙江。

山岭夹流急，岚气映晨光。

飞尘掩前路，护工清理忙。

隔水沙滩阔，堵车叹漫长。

滑坡虽曰险，落石惧咣当。

同作天涯旅，竞超何其狂。

大桥截天堑，路始向芒康。

峭壁临路左，玻璃结寒霜。

亦有深峡美，时停踱彷徉。

岂足当下意，此心在遐方。

莫矜强哉叟，前途更苍茫。

(2021-04-12)

注：①巴塘：巴塘隶属甘孜藏族自治州。是入藏108国道上的一座县城。②芒康：位于西藏自治区东南部，昌都市的最东部，地处川、滇、藏三省区交汇处，在108国道上。

冬访山居

我效寒拾游，上午别京师。
云居寺云邈，都衙物已移。
野树叶脱尽，乱山见野寺。
小溪蜿蜒去，孤村暮霭低。
冻河失波涌，鱼鸟久息机。
终到沙岭下，路耗两小时。
柴门无人守，厅堂网蛛丝。
有电却无水，承尘落簟席。
欲炊爨灶冷，冰结洗碗池。
却闻荆钗言，种子蕴万息。
明年五月至，芳草应离离。

(2018-01-27)

注：①寒拾：寒山拾得的合称。②云居寺：佛寺。位于北京市西南房山区
大石窝镇水头村。

在 田

我本稼穑人，不幸入围城。
属文思语雅，剪裁伴青灯。
清斋既无趣，所寄在沟塍。
有违夫子意，要与樊迟亲。
播种听鸟语，躬耕开白云。
林下多卷耳，收工舞蜻蜓。
傍晚霞散绮，终朝雨纷纷。

枣实依篱垂，丁香常娉婷。

明晦变视野，燕飞剪新晴。

客来具鸡黍，犬吠守柴门。

常与古人晤，煮茶享白丁。

或言归盘谷，笑称老遗民。

(2019-05-14)

注：①属文：撰写文章。《汉书/刘歆传》："歆字子骏，少以通《诗》《书》能属文召，见成帝，待诏宦者署，为黄门郎。"②沟塍：沟渠和田埂，代指耕种。班固《西都赋》："沟塍刻镂，原隰龙鳞。"③樊迟：即樊须，孔子七十二贤弟子之一。④鸡黍：代指食物。孟浩然《过故人庄》："故人具鸡黍，邀我至田家。"

游邹城孟子庙

旅抵孟庙近，访作长街行。

天铅欲晚雨，市嚣饶人民。

河蕖花正放，虹影玉桥横。

遥望丛林墨，买票入园门。

夫子谥亚圣，牌坊名棂星。

道阐尼山意，莫若邾国纯。

思想垂千古，精髓即是仁。

何可安天下，所重在百姓。

尝见梁襄王，面刺不类君。

治术赓世久，喜厌分两情。

譬如园中桧，或立或已倾。

游罢天已晚，有思坐小亭。

苍茫念斯世，不尽谁何心！

(2020-08-06)

注：①棂星：本来称灵星，即天田星。古人为了风调雨顺祭祀天田星。孟子庙大门内有棂星门。②邾国：先秦古国，孟子出生地。③谁何：哪个人，什么人。《庄子》："吾与之虚而委蛇，不知其谁何。"

夜宿小镇

夜宿王平镇，一众仗剑行。

镇小如村落，灯稀鬼火萤。

水管成滴漏，胡床霉味熏。

饥肠已辘辘，呼厨竟无人。

何可慰穷客？幸赖自调羹。

莫道杯盘俭，亦足享微醒。

天冻和衣躺，衿薄醒三更。

大货晋西来，人车蒙厚尘。

喇叭鸣若警，梦中得数惊。

晨起相对笑，面貌若长征。

男人冠不整，女宾乱服形。

自从涞源发，且向京师吟。

强为欢颜色，振作登前程。

人或问此役？笑留霞客名。

(2020-03-29)

注：①胡床：北地的床铺。赵翼《饭余》："携得胡床临水坐，柳荫深处看荷花。"②霞客：徐霞客，南直隶江阴县人，明代地理学家、旅行家和文学家。

怒江行吟

某本非凡品，因误入红尘。

一晌幡然悟，计作晚境行。

东园菊无恙，南台琴犹听。

微功甚流俗，狂歌近雅情。

仙佛焉足取，万里是前程。

去年北地游，一点老骥心。

今春时方暖，即慕西南云。

已察峨眉秀，更闯九寨阃。

铁马遮不住，雅安道西岑。

金沙江水急，澜沧涛似浑。

东达造绝域，梅里扪天庭。

毛垭开襟怀，业拉洗目明。

亲历怒江险，石壁耸清新。

斯世幸已出，所宜在天分。

庄生固知我，何日图南溟？

（2021-04-13）

注：①晚境：晚年，暮年。②东达：山名，位于西藏左贡县境内，海拔 5008 米，为川藏南线上海拔第一高度的垭口。③南溟：南海。此指南方，南国。

钩机谣

卿本建设者，嘉许称正能。

入山通遂道，掘地夷高陵。

广厦非莫办，绝域何由登？

至于截堰水，伟力胜万人。

机巧谁与侔，奇功世服膺。

一旦役于恶，立马变狰狞。

钩尖揭屋瓦，钩斗破墙倾。

未闻凄厉哭，唯听恶令声。

华宇摧拉委，家什任雨淋。

菜圃碾瓦砾，佳树拔连根。

曾是宜居所，瞬间变鬼城。

野鸭屈成违，山水蒙冤深。

若为正义拒，或又添新茔。

人民复流离，暴施享能名。

时日曷忍兮，河海期清明。

（2021-01-18）

注：①钩机：亦作勾机，施工的重型机械。②华宇：华美的建筑。③清明：清朗明净。借指公正和谐的社会。

阳台蕃茄

去年蕃茄籽，无意落花盆。

冬来感室暖，弱苗发一根。

因生护苗意，未期佳果心。

施肥学老农，洒水日日勤。

二月叶舒展，三月枝娉婷。

偶尔削其繁，其臭颇欲闻。

日光溢六合，芳气漫乾坤。

相知宜设榻，相友宜抚琴。

未久花萼发，串串若悬铃。

天冷无蝶至，花期寂岑岑。

我歌黄云袖，我舞绿水裙。

朝看两不厌，蒙络暮色暝。

昨夜来寒潮，小雪飘纷纷。

欲啸独落寞，欲饮苦伶仃。

清姿入我梦，倚枕到天明。

(2019-02-05)

注：①其臭：它的气味。王肃《孔子家语》："与不善人居，如入鲍鱼之肆，久而不闻其臭，亦与之化矣。"②蒙络：蒙盖连接、笼罩。柳宗元《小石潭记》："青树翠蔓，蒙络摇缀，参差披拂。"

京西古道

周末颇无聊，即兴访古道。

环路车猖披，四野风浩浩。

入山涵洞逼，村舍俱寂寥。

乱峰插云表，曲涧接湫潦。

柴户畜犬豕，石壁饶浮雕。

景点棚蓬门，二十七元钞。

泊车危岩下，入山若采樵。

文字竞诡秘，窝棚似尼寮。

春寒古树静，乱鸦回岧峣。

人烟沉谷底，栈道渺九霄。

嶒峻啮足痛，搴裳挂荆茅。

野桃含欲笑，怪石疑山魈。

阅完英雄谱，转角见小桥。

蹄窝遗印密，林遮野径交。

沿途多泥塑，观之莞尔曹。

马瘦若羸驴，枯藤挂林梢。

忽造牛角岭，城门何萧条。

此关连穷漠，兵戈卷尘嚣。

西向导香众，祈愿路迢迢。

幽咽走窑哭，愀然戍卒谣。

免夫碑犹在，剥蚀读未了。

峰顶有古院，额题老爷庙。

守土绘巾帼，关公享太牢。

亦有毛司令，逐北用牛刀。

往事俱琐屑，记载尤絮叨。

寺门闲管钥，周遭静悄悄。

度至绝岩处，有亭翼然高。

临风看下界，人间正扰扰。

欲返何由径，对景唯自嘲。

苍茫遗世客，呜呜复长啸。

（2019-03-16）

注：①京西古道：位于京西门头沟，道路多而且长，这些古道主要有商运道、军用道、香道。②猖披：散乱不整貌。屈原《离骚》："何桀纣之猖披兮，夫唯捷径以窘步。"③岢峣：山高峻貌。曹植《九愁赋》："践蹊隧之危阻，登岢峣之高岑。"④免夫碑：即京西古道上的"永远免夫交界碑"，是清康乾盛世时期"盛世滋丁，永不加赋"政策的产物。

访香炉寺

晴岚万里隔天遥，一寺方丈浮怒涛。

碧瓦琉光香烟出，云拥真人吹铁箫。

（2021-05-16）

注：①香炉寺：位于陕西省佳县城东香炉峰峰顶，东临黄河，三面绝空，仅西北面以一狭径与县城古城门相通。因形似高足香炉，故而得寺名。②真人：道家称存养本性或修真得道的人。

夜巡嘉峪关

槊挺塞风一骑轻，刁斗遥听夜月明。

甚悔当年从蠹役，未教书剑慨平生。

（2021-05-04）

注：①嘉峪关：位于甘肃省嘉峪关市西最狭窄的山谷中部，北连黑山悬壁长城，南接天下第一墩，是明长城最西端的关口，历史上曾被称为河西咽喉，因地势险要，建筑雄伟，有"连陲锁钥"之称，号称"天下第一雄关"。②刁斗：古代军队中用的一种器具，又名金柝、焦斗。③蠹役：此指读书。

登嘉峪关

祁连之北黑山南，华夷天限赖此关。

我来崇楼闲倚徙，不许胡尘到栏干。

（2021-05-04）

注：①华夷天限：中原民族和西北游牧民族的自然界限。②倚徙：徘徊的样子。鲍照《拟行路难》："人生不得恒称意，惆怅倚徙至夜半。"

张掖丹霞

穹窿如盖笼群山，百千画舫走泥丸。

谁怜沙原苍狼色，故意打翻七彩盘。

（2021-05-05）

注：①张掖：古称甘州，是甘肃省辖地级市。②苍狼：青灰色的自然面貌。

题榆林石窟

一流浑然榆林深，洞窟彩塑藏壑云。

前人非作后人想，误说风华到如今。

（2021-05-03）

注：①榆林石窟：即榆林窟，又名万佛峡、榆林寺、上洞子，位于甘肃省瓜州县城南。洞窟开凿在榆林河峡谷两岸直立的东西峭壁上，因河岸榆树成林而得名。②风华：繁荣的景象。

谒王道士墓

遗塔在林渺羽轮，奇景三危道法身。

沙洗秘出真窟在，云拥雪白仙游轻。

（2021-05-02）

注：①王道士：本名王圆箓，湖北麻城人。家贫，为衣食计，逃生四方。清光绪初，入肃州巡防营为兵勇。后离军，受戒为道士，道号法真，远游新疆。后至敦煌莫高窟，供奉香火，收受布施，乃于莫高窟建太清宫道观。②羽轮：仙人乘坐的车，代指去世。③三危：即三危山，莫高窟所在山名。

鸣沙山月牙泉两首

其一

玲珑楼台玉栏斜，一弯水月绕丘沙。

此处谁不生真想？欲挽白云作仙槎。

其二

坤元孕气凝碧潭，潜阳出摩围沙山。

平生不知周易句，欲解天心到漠南。

(2021-05-01)

注：①鸣沙山：敦煌鸣沙山，位于库姆塔格沙漠边缘，国家级旅游风景名
胜。鸣沙是一种奇特的自然现象，沙漠或者沙丘中，由于各种气候和地理
因素的影响，造成以石英为主的细沙粒，因风吹震动，沙滑落或相互运动，
众多沙粒在气流中旋转，表面空洞造成"空竹"效应而发出嗡嗡响声。②
月牙泉：位于甘肃省敦煌市西南鸣沙山北麓，泉水东深西浅，泉池弯曲如
新月，因而得名。

题阳关四首

其一

风卷汉旗画角哀，夕晖初染烽火台。

当年设我经略地，何虞胡骑寇边来。

其二

风卷蓬棘满玉关，云岭冰河究竟难。

一堵残壁千家泪，几多马革裹尸还。

其三

东望长安路漫漫，埋骨黄沙泪始干。

今人不识戍边苦，指笑残垒玉门关。

其四

何必敕遣十万军，孤身偃月到辕门。

雪冷胡笳寒光出，将军夜擒吐谷浑。

（2021-04-30）

注：①阳关：位于甘肃省敦煌市西南的古董滩附近。是中国古代陆路对外交通咽喉之地，丝绸之路南路必经的关隘。西汉置关，因在玉门关之南，故名。②吐谷浑：亦称吐浑，慕容氏，西北游牧民族慕容吐谷浑所建国名。

过阿尔金山

雪原高耸羌寨低，阿尔金山纵铁骑。

长恨汉武无奇画，不然更勒楼兰西。

（2021-05-01）

注：①阿尔金山：指阿尔金山脉。阿尔金山脉是中国新疆维吾尔自治区东南部一条山脉。阿尔金山脉东端绵延至青海、甘肃两省界上，为塔里木盆地和柴达木盆地的界山。②奇画：高妙的策略。

致仓央嘉措

本心无碍向西行，历尽艰辛到圣城。

纵使仓央称史上，如之诗影几何卿？

（2021-04-22）

注：①仓央嘉措：六世达赖喇嘛，藏传佛教格鲁派大活佛，法名罗桑仁钦仓央嘉措，西藏历史上著名的诗人、政治人物。②如之：即如之何。

上里镇醉饮

石桥曲水映繁华，春雨崇楼误认家。

风动珠帘人已醉，相扶槛外就仙槎。

（2021-04-07）

注：①上里镇：即四川省雅安市雨城区上里古镇，是一座历史文化名镇。省道 105 线（雅上线）由南向北穿越全镇。②仙槎：神仙乘坐的船。

登乐山凌云峰

紫壁千仞截江流，佛足踏灭俗念休。

独立烟雨江山渺，小舟一叶瀛海浮。

（2021-04-05）

注：①乐山凌云峰：乐山市青衣江、大渡河、岷江交汇处的一座山峰，乐山大佛所在地。②瀛海：浩瀚的大海。

黄龙到成都

下行尤称蜀道难，何堪九曲十八弯。

飞石滑坡惊老手，全神贯注是心传。

（2021-04-04）

注：①飞石滑坡：危险路段，山上落下的石块和崩塌的山体威胁路人。②心传：本指禅宗所倡导的不立文字，不依经卷，以师徒心心相印传授佛法。此指驾车的经验和体会。

访鸡鸣台

剑戟森严尚未摧，东风古道独登台。

当年若沮鸡鸣事，函谷如何赚得开？

（2021-03-29）

注：①鸡鸣台：鸡鸣台又叫田文台，成语"鸡鸣狗盗"的故事就发生在这里。
②鸡鸣事：指鸡鸣狗盗故事。《史记》记载，齐孟尝君出使秦被昭王扣留，
孟一食客装狗钻入秦营偷出狐白裘献给昭王妾以说情放孟。孟逃至函谷关
时昭王又令追捕。另一食客装鸡叫引众鸡齐鸣骗开城门，孟得以逃回齐。

登尼玛贡神山

裁从峨眉扪天庭，又盘折多十八磴。

平生谁攀龙髯意，我辈岂是蓬蒿人。

风吹经幡尼玛贡，城列雪峰理塘云。

沙碛路曲沉涧底，姊妹湖色更缤纷。

岭横毛垭千壑静，花开莫多十分春。

明日犹期芒康远，将作山阴道上行。

（2021-04-10）

注：①尼玛贡神山：川藏线108国道经过的一座高山，其海拔4668米，山
上空气稀薄，常年温度低。②姊妹湖：川藏线上的湖泊，因两座湖泊相连，
称作姊妹湖。

竟陵八友

天下才子聚竟陵， 子良开邸在西城。

既有约朓俚酬唱， 更和衍融琛昉云。

叔达笔下富艳句， 玄晖山水尤奇清。

自此诗韵究声律， 华丽铿锵号永明。

上承汉魏崇典雅， 下启唐宋严准绳。

莫道楚地偏一隅， 骚人代祀到如今。

（2019-02-22）

注：①竟陵八友：南齐永明年间出现的一个文人团体，由竟陵王萧子良召集，包括萧衍、沈约、谢朓、王融、萧琛、范云、任昉、陆倕八人。②永明：即永明体。南朝齐武帝永明时期所形成的诗体。其特点是强调声律，对近体诗的形成有重要影响。其诗又名"新体诗"。

家有小宝歌

襁褓学语正咿呀， 春景平和日夕佳。

城北鏖战冬奥赛， 家中初度半岁娃。

窗透洁净舒眼远， 榻设机巧供蹬拉。

轻音乐绕珊瑚树， 君子兰开富贵花。

浴缸荡漾漱碧水， 童车入睡映縠纱。

时令赐福天挺秀， 艳阳送暖小脚丫。

呢喃燕语申姊爱， 咿呀扉启归爸妈。

真欢饮时聚四老， 不旋踵处到两家。

昼夜忙活苦亦乐， 衣巾碗匙日用杂。

勤劳为本祖德厚， 岁月如歌好年华。

（2022-02-07）

注：①小宝：这里指作者孙辈夏隽哲（2021年8月7日19点46分生于航天医院）。②冬奥：2022年2月4日—2022年2月20日北京冬季奥林匹克运动会。③不旋踵：距离很近，时间很短。

谒忠武侯祠

似是南阳避世艰，抱膝偏好梁父吟。

茅庐躬耕送日月，瑶琴一座听世情。

有感玄德英雄气，烦顾允请论三分。

将军每思延汉祀，谋臣将作奋云翎。

莫道蜀汉偏一隅，画策将可定乾坤。

妙计谁曾称敌手，忠贞洵能迈古今。

抚远擒纵服孟获，安邦平施钦诸臣。

草船史传借箭妙，东风长卷赤壁云。

王佐不在伊吕下，经纶更多萧曹明。

出师未酬赍志没，定军山绕中原魂。

(2021-03-31)

注：①忠武侯祠：即陕西省勉县武侯祠，全国重点文物保护单位。②梁父吟：又作梁甫吟，乐府楚调曲名，相传为诸葛亮所作。③定军山：位于陕西省汉中市勉县，三国时期古战场，有"得定军山则得汉中，得汉中则定天下"之誉。

寒夜忆友

相与倾襟抱，遥思又一年。

梦中开蜀道，细酌白云边。

(2021-12-27)

注：①相与：交往。②蜀道：进入四川的道路。这里指友人所居的乐山市。

过京西岢萝坨

曾钟山水窟，散淡独营之。

一旦无所有，千秋笑世痴。

(2020-12-30)

注：①岢萝坨：京西地名。②山水窟：山水绝美风景集中的地方。

晚 归

碧空笼四野，百羽入林迟。

山道轮蹄静，余光映崦嵫。

(2020-12-30)

注：①百羽：很多鸟类。②轮蹄：车马代称。韩愈《南内朝贺归呈同官》："绿槐十二街，涣散驰轮蹄。"

探京西万佛寺

郊坰藏古寺，人说久倾颓。
乱石寻无路，狂车长啸回。

（2020-12-27）

注：①郊坰：城市近郊的地方。唐文宗《喜雨》："郊坰既霶足，黍稷有丰期。"

红山军马场

沙碛延天际，秋椒拥璧山。
当年鏖战处，车过叹间关。

（2020-10-15）

注：①秋椒：草原秋天泛红色的辣蓼野草。②间关：形容旅途艰辛。

北极村江边夜饮

铁马凌洲上，云旇几处高。
胡笳传落日，一盏酹江涛。

（2020-09-15）

注：①北极村：原名漠河村，位于大兴安岭北麓，坐落在黑龙江上游南岸，与俄罗斯的依格那思依诺隔江相望。②云旇：高入云霄的旗帜。

北极村感怀

征尘听世微，风雨与游稀。

万里谁堪老，关山度若飞。

（2020-09-16）

注：①世微：世界上细微的声音。②关山：关隘山岭，比喻难关。《木兰诗》："万里赴戎机，关山度若飞。"

沙河钓者

天赋多清骨，萧然未患贫。

虽栖芦苇荡，不是钓鱼人。

（2020-08-21）

注：①沙河：位于北京市昌平区境内，是京北地区的一条主要河流。②萧然：比喻穷困。

登峄山半山亭小坐

联翼梯云半，东南未了青。

僭称朝万国，小憩祖龙亭。

（2020-08-06）

注：①峄山：又名邹峄山、邹山、东山，位于山东省济宁市邹城市东南10公里处。②联翼：比喻多人一起行动。③祖龙：秦始皇。

题微山岛小雨酒店

导航来小巷，过雨落花香。

醴酒尤清冽，评优店远扬。

（2020-08-06）

注：①微山岛：微山湖诸岛第一大岛。坐落在微山湖东南部。②醴酒：甜酒。

山中即事

向晚雨微侵，诸山众响沉。

明晨观涧水，应是夜来深。

（2020-03-01）

注：①向晚：天光开始黑下来的时候。②众响：自然界万籁之音。

祝 岁

红包吾敛手，海量饮之奇。

神鼠真恭敬，随人共祝禧！

（2020-01-25）

注：①此诗藏四字"敛之恭祝"。

芦 花

未与争春艳，繁嚣夏淡然。

因期冬雪静，秋絮吐如绵。

(2019-11-08)

注：①繁嚣：人间的喧闹。

钓 者

一竿临水坐，倒影幻如真。

非作逃归计，因盟浪里人。

(2019-11-08)

注：①逃归：逃避红尘，躲进山里。

金 柳

新姿依水岸，日影射绫罗。

梦入巫山远，妆成思志摩。

(2019-11-08)

注：①金柳：初春阳光照射下的嫩柳枝。徐志摩《再别康桥》："那河岸的金柳，是夕阳中的新娘。"

捡柿子

昨夜寒风到，吹飞一树红。

翁搜松竹下，媪觅短篱东。

（2019-10-23）

注：①短篱：低矮的篱笆。

咏都衙村拒马河高架大桥

玉蟒飞河上，名津已罕闻。

云蒸高峡锁，日出两仪分。

（2019-10-21）

注：①都衙村：位于河北省保定市涞水县三坡镇境内。②名津：有名的渡口。这里指拒马河，其上游有古渡口十渡。③两仪：即阴阳。

钓　者

鹄立危岩下，心如碧水淳。

云行漂影诡，竿挑远山青。

（2019-10-20）

注：①鹄立：像水鸟一样站立。②漂影：鱼漂在水波中的影子。

秋兴三首

其一

银汉长如练，峰高起巨屏。

携壶邀月饮，岚气到风亭。

其二

归程渐似梦，玉簟日生凉。

窗入千山静，征鸿逐渺茫。

其三

云稀天气肃，叶落涧秋深。

为蓄诗思久，蘧庐辍雅吟。

（2019-09-26）

注：①岚气：山中的雾气。②玉簟：竹篾制成的床铺。韦应物《马明生遇神女歌》："石壁千寻启双检，中有玉床铺玉簟。"③蘧庐：古代驿传中供人休息的房子，犹今言旅馆。

山中遇巨蛇

林暗欲深行，青蛇道上横。

因惊刘季事，徒听莫邪鸣。

（2019-05-29）

注：①刘季：汉高祖刘邦，字季。司马迁《史记》载有刘邦斩白蛇的故事。②莫邪：宝剑名。

题柿树

墙边立几株，玉质酿醍醐。

昨夜啼饥鸟，秋深梦碎无？

(2018-11-27)

注：①醍醐：从牛奶中酿造提炼出来的精华，佛教比喻最高的佛法。

哀 KINDLE 阅读器

万卷藏方寸，身轻落雁翎。

掌中春乍暖，俄尔雪飞屏。

(2018-11-27)

注：① KINDLE：电子书阅读器。②雁翎：大雁的羽毛。

题书房绿萝

窗前花久谢，杯水养青萝。

静美谁堪比，尤多玉一窝。

(2018-11-27)

注：①绿萝：一种藤状绿色植物。②静美：安静美丽的状态。

题深峡独钓图

表里都澄澈，高桥卷世尘。

不知漂影动，意在水中云。

(2018-10-07)

注：①表里：里里外外，全部。②澄澈：清澈透明的样子。

题《藤花图》

小院栽丛竹，墙头绕碎花。

虽云年岁晚，还扎老篱笆。

(2018-01-22)

注：①《藤花图》：作者所作水墨画。

题《春水江南水墨图》

丛丛杨柳静，花落小舟随。

潋滟晴光里，鲈鱼正上时。

(2018-01-15)

注：①潋滟：水波荡漾的样子。苏轼《饮湖上初晴后雨》："水光潋滟晴方好，山色空蒙雨亦奇。"②鲈鱼：中国四大淡水鱼之一。辛弃疾《水龙吟》："休说鲈鱼堪脍，尽西风、季鹰归未？"

闲 题

山里无墨买，烧根剩炭残。

聊拾三两粒，和水写冬山。

（2018-01-11）

注：①无墨买：山里野朴之地，买不到墨水。

正月十四情人节

大雪压庐响，寒重凛冽风。

长街多白马，淡幕邀禁宫。

鸟落琼瑶树，门开鞮袖翁。

渡毛银汉寂，旭日到帘栊。

（2022-02-14）

注：①鞮袖：垂下衣袖，形容闲适。②渡毛：喜鹊搭桥的典故。张嘉贞《石桥铭并序》："停杯渡河，羽毛填塞。"

端 居

何须久役心，尘网若为禽。

拾级开云堑，观峰列战林。

洮西焉用取，篱菊最堪吟。

此处无悲喜，终南息影深。

（2020-03-05）

注：①役心：心情不好，负担重。②尘网：人间的欲望、关系之网。③洮西：洮河之西，古代为兵家之地。《宋史 / 张载传》："张载，字子厚，长安人。少喜谈兵。至欲结客取洮西之地。"

春日野炊

暇日遵微径，松荫设盛筵。

云移山歇雨，花拥晓开天。

翠绿围墟静，迷蒙罩水连。

客歌多醉意，春色满尊前。

（2020-03-02）

注：①微径：草木覆盖的小路。杜甫《飞仙阁》："土门山行窄，微径缘秋毫。"

致友人

上国因缘在，航飞两可行。

执偏多负重，卸任允看轻。

酒后幽禅偈，松前邀磬声。

人生如沤影，何必久争衡。

（2020-03-01）

注：①上国：以前的国度，前朝。②沤影：水泡的影子。形容时间短暂。

偶　感

久非城市宜，野处理荒园。

拟古多承弊，赍君若负暄。

雪深寻鹤迹，春暖讨泉源。

青鸟来山外，何时到軿轩？

（2020-01-26）

注：①负暄：晒太阳。《列子》："昔者宋国有田夫，常衣缊黂，仅以过
冬。暨春东作，自曝于日，不知天下之有广厦隩室，绵纩狐貉。顾谓其妻
曰：负日之暄，人莫知者。以献吾君，将有重赏。"②軿轩：古代使臣乘
坐的一种轻车，多用于四出采风。

紫禁城

楼列嵚崟渺，云开极远眸。

浑河银篆结，雉阙紫光浮。

红日朝千貊，长城缔彩斿。

天风来八面，瑞气满皇州。

（2020-01-20）

注：①嵚崟：高大、险峻的样子。白居易《太湖石》："远望老嵯峨，近
观怪嵚崟。"②浑河：即永定河。③皇州：京城周边地区。

友人往加拿大途访罗切斯特古城

北顾芳尘远，奇峰势压颠。

云团翔辇后，村舍横山前。

漫说红楼艳，遥追旧意翩。

古城斟浊酒，对镜已耄年。

(2019-08-24)

注：①耄年：指七十岁以上的年纪，泛指老年。

夜游华熙广场

穷籍多汗漫，动念觅清欢。

酒后蝴蝶梦，花前锦绣观。

凝思真外我，枯坐寂中禅。

入夜人皆去，独行一月寒。

(2019-05-15)

注：①华熙广场：是华熙国际打造的第一个华熙 LIVE，位于北京市海淀区五棵松。②汗漫：广泛，繁富。

155

山 居

吾爱丘山否？苍苍久不仁。

去留因自定，清浊听谁抡。

劝饮多闲叟，挥谈即近邻。

而今思五柳，长作葛天民。

（2019-04-29）

注：①不仁：无仁厚之德。老子《道德经》："天地不仁，以万物为刍狗"。
②谁抡：谁决定。

夜泛三峡

停棹开新酒，同斟琥珀杯。

星疏何寂寞，峡逼更崔嵬。

明灭渔灯邈，来回夜鸟哀。

中宵风雨至，衾拥一翁颓。

（2019-04-16）

注：①停棹：停船。②同斟，一起喝酒。

登乌有亭

松影擎高盖，溪流乱石间。

临湖当自鉴，据巘作别栏。

霞袂因风舞，云峰尽意攀。

谁言朝暮迅，心旷久盘桓。

(2019-04-08)

注：①高盖：此指树冠。②盘桓：徘徊和逗留。李密《陈情表》："过蒙拔擢，宠命优渥，岂敢盘桓，有所希冀？"

百合花

欲往游春圃，微来百合笺。

披针茎万剑，叠玉瓣千璇。

洁映开帘后，香浮把酒前。

幽斋添丽影，清供可延年。

(2019-03-24)

注：①微来：从微信收到的。②清供：可心的摆设。

三月二十日喜雨

幕云垂四野，倚户举新醅。

闷闷沉雷响，潇潇好雨来。

乘风叫铜雀，建醮舞雩台。

今日嘉膏壤，年和胜景开。

（2019-03-20）

注：①雩台：祈雨的高台。元好问《曲阜纪行》："雩台满荒榛，遗宫余曲沼。"②膏壤：滋润土地。③年和：好的年景。

春 雪

帘卷千山暗，方惊玉屑飞。

风吹原上阔，声寝道中稀。

吠犬听尤重，来人辨却微。

红炉招小饮，不遣伯伦归。

（2019-02-12）

注：①玉屑：指雪花。元好问《读书山雪中》："似嫌衣锦太寒乞，别作玉屑粧山川。"②伯伦：刘伶字伯伦。伶尝作《酒德颂》，自称"惟酒是务，焉知其余"。

秋山闲游

素忙耕钓事，此刻马由缰。

榆柘时纷落，蛇蛙久隐藏。

水低高峡肃，风疾野山苍。

茅店停沽酒，今宵醉客乡。

(2018-10-30)

注：①耕钓：以耕作和垂钓为事。②客乡：羁旅之地。吴骐《感时节事寄计子山陆孝曾》："蓟北非吾土，秦中亦客乡。"③附张燕《秋游写照》："登高山峻岭，赏晚霞秋光。寻溪涧瀑布，饮甘泉琼浆。访质朴农家，吃五谷杂粮。享度假休闲，品桃源清凉。"

题李宏伟摄雾灵山极顶照

壮岁吾曾及，君今挈妇登。

风抟斜翠羽，云涌耸苍陵。

山气千岩静，钟声一宇澄。

所游虽异趣，归客两诗兴。

(2018-10-16)

注：①两诗兴：指唱和两首诗。此诗之前，李宏伟曾有诗纪其游，诗曰："秋日寻秋色，绝佳是雾灵。风高云欲远，天朗气还清。山染金黄彩，溪流碧澈声。置身如此处，自在画图中。"

三背包诸友游四背峪

秋岭多苍秀，风来众壑空。

白羊屏石隐，香菊绕坡丛。

心驾千重上，京看一粒中。

开樽云霭起，四面复朦胧。

(2018-10-06)

注：①三背包：作者与张泽、王世龙结成的旅游胜侣。②四背峪：地名。
位于河北省涞水县野三坡。

秋 钓

坝高滂濞近，钓客一隅孤。

鹰疾岑云白，秋寒岸草枯。

水波浮目影，苔石隐双趺。

此地殊偏远，天心念我无？

(2018-09-29)

注：①滂濞：水石相激之声。司马相如《上林赋》："横流逆折，转腾潎
冽，滂濞沆溉。"②鹰疾：老鹰快速翔翔。③目影：浮漂的影象，即漂相。
④双趺：盘腿而坐。《宋史／张九成传》："在南安十四年，每执书就明，
倚立庭砖，岁久双趺隐然。"⑤天心：无远弗届的超自然意识。

依韵和徐文举先生

岁月日相催，云笺兀自裁。
才蒙严教启，诗步雅窗开。
好梦时归去，嘉言更遣来。
山中秋正艳，撷片谢钓台。

（2018-09-16）

注：①徐文举：作者中学语文老师。作者《日愚斋诗稿》出版，来诗相贺。诗曰："弄杼日愚斋，霓裳罢剪裁。清新康乐韵，弘富建安才。燕赵诗尤盛，竟陵文不衰。何言花甲老，万里褯筛开。"③雅窗：对老师的尊称，老师有《芸窗诗稿》行世。④归去：指故乡。作者与老师故乡都在天门市石家河，也暗喻对中学时代的回顾。⑤钓台：老师退休后游乐之处。

步韵杜工部《滟滪堆》

江水如渊响，夔门怨思长。
壁悬罗雾锁，流疾敛帆航。
夏涨沉牛谲，秋清突马茫。
悲歌穿滟滪，泪眼念高堂。

（2018-01-02）

注：①杜甫《滟滪堆》："巨积水中央，江寒出水长。沈牛答云雨，如马戒舟航。天意存倾覆，神功接混茫。干戈连解缆，行止忆垂堂。"②沉牛：有人解释云"舟人过此，必沉牛以祭者，盖见堆溺如马，而有戒心耳。此皆天意所在，欲使行舟者知所倾覆，故造物神功，特留此石以接于混茫水中也。"③滟滪，即滟滪堆。俗称燕窝石，古代又名犹豫石。位于白帝城下瞿塘峡口，因航运障碍，于1958年冬炸除，现在这块巨石存放在重庆的三峡博物馆中，供人们参观。

偶 出

长安三月柳枝新，红雨纷飞隔紫宸。

老叟推敲初得句，杖藜不觉到烟津。

(2022-03-14)

注：①长安：这里指京城。②紫宸：皇城。这里指紫禁城。

喜 雨

二月春风似剪刀，初裁十里绿丝绦。

莲湖草浅轻如梦，昨夜沙汀到雨膏。

(2022-03-07)

注：①莲湖：莲石湖。②沙汀：沙滩。

问 春

暇日游园问早春，枯黄还掩去年尘。

东风不竞欲生叹，仰绽桃花点点金。

(2022-02-24)

注：①不竞：弱小，无力。

感 怀

病入新年究可哀，强扶藜杖复裴徊。

东风似解老翁恨，故遣花枝照眼开。

(2022-02-21)

注：①裴徊：徘徊，往来踱步。

用韵和海林兄

明月山高对老翁，堂开九畹草蓬蓬。

煎茶烟袅菩提下，幽磬时来远寺中。

(2022-02-21)

注：①海林：散人客卿，居明月山中。其有《涅槃印象／步文祥韵》："孤心系念一漂蓬，泛海迷茫烟雨中；菩提硕果灯影岸，涅槃归来少年翁。"②九畹：十二亩曰畹。《楚辞》："既滋兰之九畹兮，又树蕙之百亩。"

望 归

阵列高楼帝宇齐，东南遥望楚天低。

客来因说钓翁趣，欲乘仙槎到剡溪。

(2022-02-21)

注：①帝宇：北京紫禁城。②剡溪：泛指隐居之境。

早春初游

天行大化总无言，才绿枝头百鸟喧。

为问道山何处觅，春风送我到祇园。

（2022-02-20）

注：①大化：大自然运行规律。②祇园：佛教"祇树给孤独园"的简称。

西山闲居

狗蝇奔竞各仓皇，自好归田到愿乡。

朝日披襟风满袖，晚霞醉倚野苍苍。

（2022-02-20）

注：①狗蝇：蝇营狗苟。②愿乡：理想中的归宿。

正月十六山中

寺磬遥闻峡雾轻，一轮在树既望明。

老来未许醉中客，高卧云间自解酲。

（2022-02-16）

注：①既望：老历每月十六称既望。②解酲：解酒，醒酒。

上元节记事

万国争势竞无休，眼里清嘉满帝都。

昼醒老翁何所事，还将买醉质貂裘。

(2022-02-15)

注：①上元节：农历正月十五。②清嘉：美好的景物或心情。

元宵节

琼殿间阁对影深，依稀烟火月初临。

子姑社鼓成追忆，一片清晖梦里寻。

(2022-02-15)

注：①子姑：即紫姑神。

春 迟

茅舍阶前剥宿苔，依窗桃李去年栽。

应疑春色寻无处，只遣东风到白梅。

(2022-02-08)

注：①春迟：迟到的春天。②宿苔：去年的苔痕。

立 春

除夕才辞去不回，光阴又觉立春催。

胭脂不点桃花盛，要写红梅傲雪开。

（2022-02-04）

注：①立春：为二十四节气之首，当北斗七星的斗柄指向寅位时为立春。

国 足

雌雄颠倒岂心甘？作死国足负越南。

添堵新春十四亿，自强自信两难堪！

（2022-02-02）

注：①作死：2022 年 2 月 1 日，国足客场 1:3 负于越南。

午桥小聚拈得流字韵

绿杨荫里驻轻舟，月影疏枝满胜游。

剑气干霄银汉水，一骑吹角到瀛洲。

（2022-01-29）

注：①胜游：相处要好的朋友。

洗　车

驰驱未免染风尘，出浴环妃始嫁真。

泊位光鲜非自爱，亦分静美与芳邻。

（2022-01-26）

注：①风尘：风吹过来落在汽车上的尘土。②环妃：唐玄宗的妃子杨玉环。

步汪长江《雨霁》

窗外疏枝岭上云，一池寒水映初曛。

姗姗玉影来清梦，欲向高阳荐使君。

（2021-12-22）

注：①汪长江《雨霁》原韵："雨霁光风润景云，暗销薄雪冷晴曛。寒条已惹无穷恨，犹印冰河照使君。"②清梦：清丽的梦幻。

题晏海林洪炉图

机心缧绁情谁收？竹影松阴久逗留。

汍滥天音尘世邈，金丹一粒出罗浮。

（2020-01-02）

①洪炉：大火炉子，此指炼丹炉。②缧绁：绳索。③汍滥：细小的泉水。

北京初雪

侵晨酒醒笑翁颓，喜看庭前绽素梅。

昨夜残局浑似梦，漫吟幽韵和烟霏。

(2019-11-30)

注：①侵晨：天刚亮的早晨。②烟霏：迷蒙的雾气。

冬 钓

石印衣痕得复流，心唯纶影却千愁。

纵然吾道非时用，未便孤心作海浮。

(2019-11-12)

注：①得复流：钓获然后放流。

冬日菜园

崇山屏列绝崖东，木叶凋零野峡空。

莫道严寒春去远，一园翡翠咲田翁。

(2019-11-12)

注：①屏列：像屏风一样环列。

捕虾即景

拒马秋深水菜肥，峡高云伴野凫飞。

红妆抄网搜青荇，满桶河虾小调归。

(2019-10-07)

注：①拒马：即拒马河。②青荇：绿色的水草。

题张泽诸友人中秋往游扬州

欲御当今几许牛？逶迤骑鹤下扬州。

楼台夜月西湖瘦，孰与分封万户侯？

(2019-09-15)

注：①逶迤：曲折遥远的道路。②万户侯：汉代食邑万户以上，号称万户侯，后来泛指高官贵爵。

秋钓拒马河

一湖碧水动瑶光，漂引轻丝入梦长。

百丈绝崖分表里，半揉苍翠半青黄。

(2019-09-12)

注：①一湖：此指野三坡镇山水醉小区旁的牛角湖。

题田丰先生刻石家河镇印

漫说东巡颂石遥，西泠谁似会稽高？

欲标古镇巾河畔，史韵刀功可两朝。

（2019-09-10）

注：①田丰：浙江会稽人，篆刻家。②颂石：秦始皇东巡刻石。③西泠：即西泠印社。创建于清光绪三十年（1904年），是海内外研究金石篆刻历史最悠久、成就最高、影响最广的民间艺术团体。

读友人西游诸图有感

挈妇将雏铁鸟飞，重洋淫巧竞轻肥。

何如伴我辞函谷，万里黄沙化狄归。

（2019-09-10）

注：①挈妇将雏：带领着妻子和孩子。鲁迅《南腔北调集》："惯于长夜过春时，挈妇将雏鬓有丝。"②轻肥：衣着轻软，坐骑肥壮。比喻富足得意。

山中夜闻风雨

门横丛岭索居偏，一卷奇书倚枕眠。

边报频来惊细柳，梦中风雨到幽燕。

（2019-09-10）

注：①奇书：稀世之书。②细柳：代指军营。汉文帝时，周亚夫为将军，屯军细柳。

野三坡火车站

孤城一片翠峰围，来往苍龙裹雾飞。

东望京师云渺渺，便吾来此便吾归。

（2019-07-31）

注：①苍龙：黑灰色的龙。此指火车。

山中遇雨

万道金蛇响鼓鼙，千峰万壑入蒙迷。

谁凭无极操天磨？一路潇潇碾向西。

（2019-07-29）

注：①无极：穷邈的地方。②潇潇：大雨的声音。

幽　窗

月转珠帘琥珀光，花黄静处十分凉。

图将好景瑶池梦，夜半清风到象床。

（2019-07-28）

注：①图将好景：画出来的美丽风景。柳永《望海潮》："异日图将好景，归去凤池夸。"②象床：用象牙装饰的床铺。李贺《恼公》："象床缘素柏，瑶席卷香葱。"

道 家

步斗踏罡勤吐纳，芒鞋野径笠镶花。

结胎天地千年气，不售一颗富贵家。

（2019-07-26）

注：①步斗踏罡：道士礼拜星宿、召遣神灵的一种动作。②结胎：意思是
受孕，比喻新事物的酝酿。此处指道家炼出的金丹。

深山晨钓

奇峰犬齿吐红珠，纳气收精豁短襦。

千乘不从姜尚钓，灵台春满老容枯。

（2019-07-26）

注：①红珠：初升的太阳。②老容：老态。

题友人访卓别林故居

当年谁不说优坛？帽履乖张彼亦难。

欢笑已随青史冷，依然残照落阑干。

（2019-07-25）

注：①优坛：表演的舞台。②青史：过往的历史。温庭筠《过陈琳墓》：
"曾于青史见遗文，今日飘蓬过此坟。"

闲 步

雨后山空恃杖行，露沾草木更晶莹。
风过碧水摇云影，一片轻舟弄晚晴。

(2019-07-23)

注：①恃杖：凭借拐杖。②晚晴：下午的晴天景色。

山水醉

剡溪如带日多暝，四面青山立翠屏。
莫笑筇翁无所有，万源唯识德唯馨。

(2019-07-23)

注：①山水醉：河北省野三坡世界宜居典范小区。②剡溪：水名。曹娥江的上游，在浙江省东部。

无名花

何来更不知何去，岁岁花开寂寞姿。
莫道皇都花事好，轮蹄罕至亦多奇。

(2019-07-14)

注：①皇都：京城。②花事：指春天花卉开放的情况。王淇《春暮游小园》："开到荼蘼花事了，丝丝天棘出莓墙。"

幽　窗

绿映轻纱透异香，碧丝细雨润琳琅。

玉笙尘满佳人远，半卷珠簾对夕阳。

(2019-07-13)

注：①玉笙：镶玉的乐器。

题照钓翁

粼粼湖水映青霄，几片闲云弄寂寥。

钓叟浑然无所事，坐看野鹜乱飞高。

(2019-07-13)

注：①浑然：全然。一副茫然的样子。②野鹜：野鸭，一种水鸟。

山　色

苍壁峰高云影淡，尘埃野马接栏干。

深知心外无风景，是处当为等量观。

(2019-07-12)

注：①苍壁峰：山峰名。位于河北省野三坡山水醉小区河边。②野马：山中的雾气。庄周《逍遥游》："野马也，尘埃也，生物之以息相吹也。"

紫彩尼

傍阶争上绿茵茵，夏雨如鞭搨地伸。
昨夜山翁求玉露，珠玑一捧与芳邻。

(2019-07-12)

注：①紫彩尼：小型西红柿的一种。②搨地：贴着大地。

喜购智能冰箱

闹市忽疑居海上，快哉食饮入清凉。
泠然一觉庄生梦，斯世何辞夏日长。

(2019-07-11)

注：①泠然：清凉的感觉。庄周《逍遥游》："夫列子御风而行，泠然善也，旬有五日而后反。"

金普会

望断天涯妄意耽，东风犹阻万重山。
谁知昨夜严霜后，邻妇簪花度岭南。

(2019-02-27)

注：①金普会：朝鲜劳动党总书记金正恩与美国总统特朗普的会见。

四月河豚

绿重皇都锁雾扉，河豚四月正烹肥。

千杯不醉东坡酒，隔座呼来代驾归。

（2019-05-14）

注：①河豚：河鲀。其肉味鲜美、营养丰富，是一种名贵的高档水产品，被誉为"菜肴之冠"，②代驾：一种驾驶业务，专门替人驾车。

题　画

藤萝杨柳共葳蕤，浅浅池塘映晚晖。

一路蝶蛱逐玉影，春风亭外采花回。

（2019-05-09）

注：①葳蕤：植物茂盛的样子。②玉影：多指女性身段姣好。

钓　者

光分众妙尽虚生，心与湖波互照明。

忽有风来诸象散，一漂眼底最峥嵘。

（2019-05-04）

注：①诸象：万象，种种影像。②峥嵘：山体高峻貌。

悼郭琨并奉和张泽

穷域孤军七赴亲，极原胸次两无尘。

长城既建中山又，国士巍巍范后人。

（2019-04-10）

注：①张泽《悼郭琨》原玉："挑战奇寒泣鬼神，南极七下后无人。黄泉可有企鹅伴，送别英魂泪洒襟"。②极原：这里指南极。

春到颐和园

穿花拂柳兴犹赊，几绺残晖向水斜。

依旧薰风桥上路，恨不嫁到帝王家。

（2019-03-27）

注：①薰风：带有香味的风，春风。白居易《首夏南池独酌》："薰风自南至，吹我池上林。"

正月三背包聚饮敝庐

相逢惊对雪盈颠，已约桃园二十年。

尘海苍茫沉百感，葡萄美酒夕阳边。

（2019-02-08）

注：①三背包：张泽、王世龙与作者结成的旅游小团体。

咏甘蔗

节节修长着紫衣，南方多植此方稀。

欲询孰与坡公啖，梦里家园映绿闱。

(2019-02-08)

注：①坡公啖：指苏东坡食荔枝事。苏轼《食荔枝》："日啖荔枝三百颗，不辞长作岭南人。"②绿闱：绿色的帘幕。

除日游泊心湖

胜日花光动一陂，参差楼影沍初澌。

春归焉用询杨柳，水暖三分鸭已知。

(2019-02-04)

注：①胜日：好日子，晴天。

贺涞水"百年育才"开业

百里磐桓遴俊才，年逢阳动杏坛开。

大风歌罢张弓射，计从臕原杨柳栽。

(2019-01-11)

注：①磐桓：徘徊，逗留。《易/屯》："初九，磐桓，利居贞，利建侯。"②杏坛：相传为孔子聚徒授业讲学之处。

用东韵题李宏伟赴澳洲旅次

邈哉天地一穹窿，翼展抟风碧海空。

万里浮云遮故国，豪情欲赋大江东。

（2018-12-25）

注：①李宏伟《悉尼畅饮》原玉："澳洲旅次逢冬至，天不严寒有暖风。上海揖别三载后，悉尼把酒问植峰。"②大江东：苏东坡《念奴娇/赤壁怀古》："大江东去，浪淘尽千古风流人物。"

步李满鋆《贺老夏生日》

欲饮花前酒万盅，风摇烛影白头翁。

蹉跎竟是沧州老，月冷醺看壁上弓。

（2018-10-26）

注：①李满鋆《贺老夏生日》原玉："蜡烛五根酒一盅，红光花影耳顺翁。应知策杖诗人语，勇武还开两石弓。"②沧州：泛指江湖，比喻闲处之地。陆游《诉衷情》："心在天山，身老沧州。"

题友人《归访老屋图》

小院荒疏乱草衰，罅墙笑看贵宾来。

篱边老树依然在，记否花裳小屁孩？

（2018-10-10）

注：①友人《归访大屋图》原玉："荒草摇曳老柴门，古影斑剥庭院深。古树有情应会意，远方归来是故人。"②小屁孩：网词，指幼稚淘气的小孩子。

丰收节邀友山中夜饮

水绕山环小镇东，迢迢河汉映帘栊。

风吹野寂人俱醉，共庆丰收四海同。

(2018-09-23)

注：①帘栊：窗帘和窗牖。江淹《杂体诗》："秋月映帘栊，悬光入丹墀。"

友人秋游苏扬并拟至上海

楼船东下看江鸥，谁伴姑苏入早秋？

海上情牵浑似梦，春风今始到扬州。

(2018-09-05)

注：①姑苏：姑苏区。隶属于江苏省苏州市，位于历史文化名城苏州市中心。

作 画

几处流云拥壑林，南山崖耸北山阴。

呼童纸笔搜来早，皴满秋光到紫嵚。

(2018-09-04)

注：①紫嵚：紫黛色的高峰。

咏新摘莲子

快马侵晨始到京，绿衣剥去见晶莹。

岭南啖客真知味，曾待厨娘做美羹？

（2018-08-11）

注：①侵晨：天刚刚亮的早晨。②啖客：美食家，此指苏轼。苏轼
《食荔枝》："日啖荔枝三百颗，不辞长作岭南人。"

蟹岛观荷三首

其一

绿叶田田立水凉，千枝万朵沐晨光。

风来彼岸摇湖动，花落纷纷暗暗香。

其二

十里风来暗暗香，清姿碧影满陂塘。

若非天予杨妃美，应是莲花满洛阳。

其三

一丛菡萏近禅房，僧入清修半掩窗。

无那天公多妒意，夜深急雨过池塘。

（2017-07-18）

注：①杨妃：杨玉环。②无那：无奈。苏曼殊《调寄筝人》："日日思卿
令人老，孤窗无那正黄昏。"

步艾杰《荷叶与荷花》

静立清波意满怀，含苞羞怯对君开。

谁知兰桨惊幽梦，欸乃一声柳岸来。

(2018-07-14)

注：①艾杰：作者大学同学。其《花对叶的早恋》："假作风吹半掩怀，芳心饱满未全开。趁机学说私房语，可恶游人去又来。"②欸乃：行船摇桨或摇橹的声音。柳宗元《渔翁》："烟销日出不见人，欸乃一声山水绿。"

题王镛书画

行险雍容乱笔簸，先生艺道久邅迍。

自从南海卑唐法，又见新风引领人。

(2018-07-04)

注：①邅迍：困顿，不顺利。②南海：康有为，广东省南海县人，世称南海先生。

题友人重游怡园

记得前年荷满池，归来绮梦说君知。

如今碧水双鱼戏，却是奴襟掩泪时。

(2018-07-02)

注：①绮梦：美丽的梦境。

日本名花筱崎爱

吁何网上久淹留，倩影芳踪百媚收。

若使丰腴称上国，五湖谁伴范公舟？

（2018-06-26）

注：①筱崎爱：日本名花，歌唱演员。②上国：对中央大国的敬称。③范
公：范蠡。先秦政治家、军事家、经济学家。曾与西施泛舟太湖。

石榴花

六月花开似火红，淡香漫过矮墙东。

蝶翻妨我清修梦，掷扇驱飞绿叶丛。

（2018-06-26）

注：①清修：高妙的修养。此指午睡。

致李满鎏

兀自谦称大块头，何曾稍逊相如修。

足球学霸堪双料，碾压当时四号楼。

（2018-06-21）

注：①大块头：俗语"个头大"，身形大于常人。②相如：司马相如，西
汉辞赋家，美男子。③双料：即两方面都很突出。

步韵诗友《战魂》

三尺摩挲枕下横，梦中昨夜漫麾兵。

秋风万里穷沙邈，捷报重收碎叶城。

（2018-06-11）

注：①诗友《战魂》："少时未圆金戈梦，老去空摆纸上兵。明月沙场风
已远，独遗孤影叹围城。"②碎叶城：唐朝在西域设的重镇，位于中亚吉
尔吉斯斯坦首都比什凯克以东，楚河流域的托克马克市附近，是中国历代
王朝在西部地区设防最远的一座边陲城市。

莲石湖春望

万株新柳浴春晖，二月兰开草色微。

闲看还思南国好，犁耙水响鹧鸪飞。

（2018-04-08）

注：①二月兰：野菜的一种。又名诸葛菜。②南国：南方，作者的家乡。

初春莲石湖赏桃花

一陂碧水映斜晖，御道春归柳色微。

有意东风知乐我，频吹红雨满缁衣。

（2018-03-24）

注：①莲石湖：北京西郊湿地公园。②御道：指108国道。③红雨：春天
的花雨。④缁衣：青色的衣服。

步韵晓玫转香山诗《咏建盏》

谁教缤纷结缘茶，玉身暂寄妙人家。

若将此物同心养，持问如来示一花。

（2018-03-26）

注：①晓玫所转原韵为白居易《僧院花》："欲悟色空为佛事，故栽芳树在僧家。细看便是华严偈，方便风开智慧花。"②建盏：汉族传统名瓷。为宋朝皇室御用茶具。③示一花：世尊拈花一笑的故事，会心不言。

山居偶记

久脱嚣尘意已灰，新年老病卧山隈。

松杉昼袅龙蛇动，风雨宵深雁鹜来。

（2018-03-12）

注：①嚣尘：喧嚣的世界，红尘。

初春访莲石湖

扶杖莲湖顾影从，菰蒲欲觅去年踪。

枝头未绿鸦巢在，相照孤心伴懊侬。

（2018-03-09）

注：①莲石湖：北京西郊湿地公园。②懊侬：烦恼，忧愁。汪必昌《医阶辨证》："懊侬之状，心下热如火灼不宁，得吐则止"。

题李宏伟赵文霞伉俪游北海

风姿未改女儿妆，又把胭脂换摄娘。
为记京城春意早，鸳鸯北海共彷徉。

(2018-02-24)

注：①北海：北京公园名。②彷徉：周游、遨游，徘徊。陆云《悲郢》："步
江潭以彷徉，频行吟而含瘁。"③附张燕《赞李宏伟赵文霞珍珠婚》："大
报文澜宏伟业，匠心独具运筹功。转型学艺霞光灿，育李培桃岁月荣。才
子佳人天造册，姣妈靓女凤盘龙。珍珠婚美千年好，艳美福缘不老松。"

弈 趣

纹枰逸兴遣时多，暂废诗书歇唱哦。
漏尽寒灯犹觉冷，一窗孤月感蹉跎。

(2018-02-24)

注：①纹枰：棋盘。

使酒遣兴

借杯岂但赋闲愁，未敢称仙六十秋。
酒德一篇高义在，茅台等观二锅头。

(2018-02-24)

注：①使酒：纵酒。②岂但：岂止，不止。杜甫《赠崔十三评事公辅》：
"岂但江曾决，还思雾一披。"

用韵和友人《咏梅》

谁送幽香暗暗来，篱边点点雪中开。

只缘一任群芳妒，昨夜东风几度摧。

（2018-02-09）

注：①友人《咏梅》："此花开罢百花开，戴雪披霜独登台。无意争令群
芳妒，暗香只为送春来。"②几度：几番，多次。

拈得亭字韵和友人《秋江行舟图》

一轮淡月映疏星，岸树江皋掩小亭。

忽有孤鸿波上去，扣舷徒叹久飘零。

（2018-02-01）

注：①友人《冬日偶见董公欣宾秋江行舟图》原玉："随心逐浪两舟翁，
秋色衰草江畔亭。莫道江南多阴气，点墨潇洒天地惊。"②江皋：江岸，
江边地。《楚辞 / 湘夫人》："朝驰余马兮江皋，夕济兮西澨。"

今夜红月

恻恻轻寒剪剪风，百年朗月小楼东。

登高欲与嫦娥舞，底事瑶宫此夜红？

（2018-01-31）

注：①红月：2018 年 1 月 31 日夜，月食，月红色如桃花，人称红月亮。盖
日光射于地球，红光波长复折射月球，地球人观之，为红月亮也。②剪剪风：
寒冷的风。韩偓《寒食夜》："恻恻轻寒剪剪风，杏花飘雪小桃红。"③底事：
什么事，何事。刘季孙《题屏》："呢喃燕子语梁间，底事来惊梦里闲。"

晚 望

元都烟外平林静，酒幌风吹寂寞红。

一阵乱鸦飞去淡，残阳正落远山中。

(2018-01-25)

注：①元都：元代大都遗址，在北京西郊。

题《水墨三峡》步韵诗友

峡高千丈借谁开，隐约渔歌雾里来。

一破夔门东去疾，神思浩荡久徘徊。

(2018-01-21)

注：①《水墨三峡》：作者水墨画。②诗友《水墨三峡》原玉："神斧劈
开高峡出，两看相怜照影来。谁家轻舟渔歌子，唤起云裳梦徘徊。"③夔门：
三峡西端入口处，两岸断崖壁立，高数百丈，宽不及百米，形同门户，故名。

参观中国校园文学馆寄语"文心雕龙杯"作文赛

载道以文功大矣，莘莘学子竞斯杯。

寄情笔底风流出，有梦时期育俊才！

(2018-01-14)

注：①文心雕龙杯：一项全国性中学生作文赛事。②载道以文：即文以载
道。周敦颐《通书／文辞》："文所以载道也。"③有梦：即"中国梦"。
"中国梦"是实现中华民族伟大复兴的新时代最伟大梦想。④附张燕《参
观校园文学纪念馆》："叶杯大赛树品牌，文学之花校园开。启迪才俊写
作梦，培育新苗大情怀。"

步韵宋广杰《冬雪夜钓》

今宵何处遣幽怀？孤影寒江岸草衰。

夜半收竿初雪下，轻风载返一船白。

（2018-01-13）

注：①宋广杰原玉："萧萧旷野雪皑皑，两岸烟轻草木衰。海上渔竿穿日
月，一船钓满世间白。"

赋得"叶黄满坑金"咏黄坑村

茶园翠髻围村外，四野嘉禾绿海深。

最是风景邀醉处，秋还叶黄满坑金。

（2018-01-07）

注：①赋得"叶黄满坑金"：一份由农民签发的全球征诗令：千年余一句，
谁能吟全诗？黄坑农民欲以茶园打赏全球诗人，请为"叶黄满坑金"补诗。
②黄坑村：福建省南平市一个村落。

自题《大江柳岸图》

年少豪情涉大川，呼朋携酒小舟眠。

一声鹤唳人初醒，已送垂杨古岸边。

（2018-01-05）

注：①大川：浩瀚的江流。《周易/涣卦象传》："利涉大川，乘木有功也。"

自题《水墨月影草庐》

寒村僵卧月玲珑，茅屋初惊子夜风。

灶底残烟灯似豆，竟携幽梦到临潼。

（2018-01-04）

注：①子夜：半夜。②临潼：西周时幽王为博美人褒姒一笑，在临潼骊山点燃了烽火，戏弄诸侯前来勤王。

自题《漓江水墨》

联帆片片去逶迤，悦我青山见媚姿。

百载难期人已老，只收幽影画中奇。

（2018-01-03）

注：①联帆：成片的船帆，船多。②幽影：幽眇的美景。

感　时

身心首鼠正难眠，频到舆情恼雪颠。

穷幕顿卢犹撼魄，掖庭台海已忘年。

隅安姐折毛熊请，长治拳开智叟传。

不负大潮能后动，寰球庶几致尧天。

（2022-02-24）

注：①首鼠：两端。②穷幕：穷漠，遥远的地方。

次韵杜牧《九日齐山登高》

故乡此季鹪鸹飞，原上香浮雨细微。

岩漱溪流新嫂出，牛分柳絮野童归。

一家社戏搭高阜，几垒鸡埘映夕晖。

我欲简从南返去，亦随发小理春衣。

(2022-02-23)

注：①新嫂：年轻的女子。②社戏：乡村的戏剧演出。

晚出西郊行

门亭北出石桥西，步过菰蒲鸟乱啼。

水气蒸沙滩染绿，山光射柳眼生迷。

因收奇景寻佳句，屡折花枝踏浅泥。

十里春风人意好，鹫峰引我上云梯。

(2022-02-22)

注：①门亭：北京门头沟区永定河边的凉亭。②鹫峰：北京西郊大西山风景区中部的一座山峰。

191

登峨眉山

华藏步开天界地，琉璃迷影雾中峰。

莫分咫尺千崖雪，尽灭嚣尘一杵钟。

玉柱神猴跟客背，罡风八面动龙松。

庄严遮那法号起，忽觉人间雨渐浓。

（2022-02-21）

注：①天界：峨眉山上的一座门楼，上有"华藏天界"门匾。②遮那：又
作舍那，毗卢遮那。

西出莲石湖

漠漠寒林野望平，太行山气晚来清。

蹒跚杖履遵前路，慷慨歌吟变徵声。

求净域何辞旧宅，处红尘匪博令名。

偶从古道出郊外，一曲寻仙过耦耕。

（2022-02-19）

注：①变徵：传统音乐术语，沉雄，激越。②寻仙：李白《庐山谣寄卢侍
御虚舟》："五岳寻仙不辞远，一生好入名山游。"

致三背包

疫情未解势隔山，才醒身心觉两闲。

对酒名蒸堪再荐，临流双鬓又加斑。

将规自驾怜衰朽，欲写新题感狷顽。

寒尽春归期有待，风轻日暖聚苍颜。

（2022-02-18）

注：①三背包：作者与张泽、王世龙组成的自驾游团体。

残 雪

落寞天生伴断桥，孤情更赋草萧萧。

流澌愿许东风剥，分袂潜随晚气消。

大化焉迷归旧梦，微功独肯接春潮。

布恩清露人间仰，扫象扶摇到九霄。

（2022-02-17）

注：①断桥：断桥残雪是杭州西湖的景点之一。②扫象：没有影像的空濛样子。

望 雪

春风固已待丰隆，子夜分明雪诧翁。

楼白象肥停素表，路轻练净展长绒。

人疑邀座三清客，车变堆雕北极熊。

常冀江山归德化，欣然见此九州同。

(2022-02-13)

注：①丰隆：传说中的雷神。②三清：道教的最高处。

寄语女足

允副铿锵国士风，红妆焉肯与人同。

胸中气象凌天外，足底精纯傲亚东。

一瞬入窝堪共赏，百年竞技应无穷。

自来斯道难辜负，强者还邀不世功。

(2022-02-07)

注：①亚东：亚洲的东方。

国足负越题壁

疑坐贪钱鬼厌除，弈亭得报败庸夫。

捶胸唾地添愤懑，摔盏吁天复呜呼。

训逆合当加夏楚，抚平唯有引屠苏。

年年不行年年望，何处球迷拯越奴。

(2022-02-03)

注：①夏楚：古代学校体罚越礼犯规者的用具。②屠苏：酒名。

出 郊

御堤新绿两三枝，大地春回暗物移。

荒径霭轻迷北郭，远村云暖度西陂。

泉声因和莺作秀，草色渐收雨加持。

驻锡亭前听磬响，东风又送到虬溪。

（2022-02-03）

注：①云暖：云朵游动的样子。②虬溪：重庆万州境内的小溪，来知德曾隐居于此著成《周易集注》。这里指北京西郊门头沟。

偶 题

梦里春深草绿溪，却仍寒柳满东堤。

曾携弋缴驱燕雀，略遣诗思付枣梨。

千载风光留意看，应时策对向天撕。

幸今日得湖山醉，愿汝南鸡勿早啼。

（2022-02-03）

注：①弋缴：一种捕捉飞鸟的工具。②枣梨：古时用于刻字的树木。这里代指出版。③汝南鸡：善于早鸣的鸡。

正月初三感怀

此后渐知日影长，悠悠世事费评章。

亲朋散去闲狂士，柴米丛来哭灶娘。

岂但决疑还首鼠，莫非放手更仓皇。

何如再读逍遥赋，万里飞蓬效远飏。

（2022-02-03）

注：①评章：评论与分辨。《北史》："评章录记，事迄即除。"②仓皇：惊慌失措的样子。

正月初二望乡并寄诸弟

始开烟景此时微，四野风轻兆瑞晖。

鳞细池平冰退岸，燕低檐古雨盈扉。

篱笆麦秀腾春气，阡陌花初织锦帏。

方语嘈然融酒后，舞龙影里拜年归。

（2022-02-02）

注：①诸弟：即指作者的兄弟辉伦、辉安、辉耀、辉明、辉正、辉晗、辉灿。

元日感怀

堂前兀结彩灯垂，对镜还惊鬓满丝。

功咎既成俱往矣，岁华无奈两由之。

长凭茶酒消日月，谁料诗书挡熊罴。

设不百年心愿了，金乌未肯下崦嵫。

（2022-02-01）

注：①岁华：岁月与年华。②崦嵫：太阳下山的地方。

山中寄远人

长慕风华问候疏，人间何处不蘧庐。

应怜幽草穿春陌，更育奇花种玉除。

尘海苍茫思有意，云程迢递恨无初。

每因梦里追青鸟，剩得低吟伴晚锄。

（2022-02-01）

注：①蘧庐：过去驿站附设专供行人休息的房舍。

除夕赋得"霜鬓明朝又一年"

欢乐谁堪电视前，长街爆竹势薰天。

毛铺今夜应多福，霜鬓明朝又一年。

既许新生不是梦，宜将旧恨散如烟。

朦胧灯影清晖冷，欲下帘栊抱月眠。

（2022-01-31）

注：①毛铺：酒名，产于湖北省。②新生：新一代的小孩。

197

读张衡《归田赋》

长游都邑解悬疑，欲问河清惜未知。

虽有谋臣宏略在，盍追渔父一舟嬉。

天机微昧疏玄远，人世苍茫多鬼魃。

俯拾仰飞平物我，忽焉风景已驹驰。

（2022-01-01）

注：①河清：天下承平的盛世。②渔父：江湖打渔的人，远离红尘。

读宋玉《神女赋》

丰盈体韵出冰姿，修颈丹唇骨亦奇。

莲动雾开波漾去，珮鸣袿敛袖漫施。

乘云五色星辰并，饰藻香兰步履迟。

千载人间情未了，空留骚客写相思。

（2021-12-26）

注：①冰姿：形容神女的美好姿容。②莲动：神女阿娜多姿的步态。

读宋玉《高唐赋》

缥缈嶀崒羽旆浮，巫山云雨出高禖。

声如瑶珮人不见，质称妖娆世罕俦。

幸许怠游王昼寝，哪堪愿荐妾娇羞。

赋成一晌情何似，未若湖山范蠡舟。

（2021-12-25）

注：①嶀崒：险峻的山峰。②高禖：古帝王所祭之神。又指男女幽会的地方。

冬至日闲题

窗前篱落万千竿，无喜无悲度大寒。

壁剑不磨留养气，庋书多读当加餐。

偏居休问红尘事，老调还翻古井澜。

小酌泥炉销日晚，闲吟风景到层峦。

(2021-12-22)

注：①偏居：远离闹市的地方。这里指京西从心苑。

自题示来者

昔年匹马入京都，结客邠州斥末图。

死士曾期多许国，壮心哪识久当垆。

窗前山水追两谢，腕底词章揖三苏。

自分余生成叹惋，只堪寄望小於菟。

(2021-12-21)

注：①来者：作者孙辈夏隽哲 2021 年 8 月 7 日 19 点 46 分出生。②结客：
《宋史》："张载．字子厚，长安人。少喜谈兵，至欲结客取洮西之地。"③
邠州：豳州，范仲淹原籍。

阳台晨望

迷蒙西岭枕寒流，几处风来晓雾收。

十载尧民安代梦，一方神域缺金瓯。

北华久讼花观马，和统徒饶海入牛。

斯世宜多君子恨，又看呆呆到楼头。

(2021-12-13)

注：①西岭：北京西郊山脉。②金瓯：金盆，以喻疆土。《南史》："我国家犹若金瓯，无一伤缺。"③北华：北约和华约。

正月初九晨起见雪

鼠年初度兆严霜，冠毒狰狞几欲狂。

疠报忧情惊表里，郊原杀气幻玄黄。

耸听世卫侵晨议，褥食川爷两地航。

大难诚能襄崛起，慨然揽辔道康庄。

(2020-02-03)

注：①初度：刚刚到达的时辰。《离骚》："皇览揆余初度兮，肇锡余以嘉名。"②玄黄：指天地的颜色。玄为天色，黄为地色。《易／坤》："夫玄黄者，天地之杂也，天玄而地黄。"③川爷：美国总统川普的俗呼。

题晏海林山中新舍

偶从缁羽慕高行，便将孤身寄耦耕。

扫迹新冠持帚逐，设床旧雨到门迎。

鸟来书案多知语，花落珠帘应解情。

新舍未能摩诘并，也饶风景慰平生。

（2020-02-04）

注：①耦：与人合作耕地。②旧雨：指故旧和朋友。张炎《长亭怨》："故人何许？浑忘了，江南旧雨。"③摩诘：王维字摩诘。

山　居

岩绝阿兮若有人，聊将葱岭阻红尘。

和风云散千秋业，古井藤枯老衲身。

鹤醒松荫堪旧梦，磬来雨脚即良辰。

忽惊犬吠鸦飞起，或道公车访遗民。

（2020-02-03）

注：①葱岭：高高的山岭。②老衲：年老的僧人，多用于自称。戴叔伦《题横山寺》："老衲供茶盌，斜阳送客舟。"③公车：用于公务的车。

早春寄诸昆弟

神羽名高冠九州，雄居三楚问谁俦。

舳连江汉听涛去，楼镇龟蛇看鹤浮。

忽报汀寒春色杳，欲从梅落笛声收。

频将兄弟询南客，千里烟波万里愁。

(2020-02-03)

注：①神羽：这里指茶圣陆羽。②南客：南方来的客人。

超　市

昔日繁华近撂荒，荆天棘地感严防。

导员立鹄迎人慎，顾客惊弓拣货忙。

冰冷刷机空寂寞，充盈供货柜琳琅。

且牵袂袖遮啼泪，同与斯民吊疫殇。

(2020-01-31)

注：①撂荒：因舍弃而荒芜。②荆天棘地：非常不好的环境。壮者《扫迷帚》："一事不能做，寸步不能行，荆天棘地，生气索然。"③斯民：老百姓。鲁迅《悼杨铨》："何期泪洒江南雨，又为斯民哭健儿。"

忧 思

江城烝庶倒悬中，遣罢丰隆并祝融。

赴任白衣钦国士，对灯孤影愧书虫。

晨兴恨不闲居死，夜寐思能共济同。

何日神州妖雾灭，南图万里好冯风。

(2020-01-31)

注：①江城：濒临大江的城市。此指武汉市。②丰隆：神话中的雷神。武汉市有雷神山和火神山。③冯风：凭借着风力飞行。

小 酌

酒圣当推李白乎？山僧却爱小泥壶。

御寒一握心尤热，解瘾初尝骨也酥。

对啜欣能荆内浅，孤斟久不盏中枯。

洒家素戒同猪竞，有度才堪大丈夫。

(2020-01-27)

注：①山僧：野僧，山中的佛教徒。②荆内：即内人，妻子。

正月初一缅怀先人

忽惊梦里访昆仑，自御云车谒寝阍。

湖上潇潇灵雨沛，林中袅袅古风尊。

江流逶迤因追往，陵耸嵯峨欲挽魂。

我设珍馐先祖在，呜呼请享少牢飧。

（2020-01-25）

注：①云车：以云彩为装饰花纹的车子，在空中行驶的车子。顾况《上元夜忆长安》："云车龙阙下，火树凤楼前。"②少牢：旧时祭礼的牺牲，用羊、豕二牲叫少牢。

山中暖冬

四野无声宿草平，坐听鸦噪送新晴。

久居岩穴常称客，高引沧浪偶濯缨。

烟渺谁参江上议，山深一笑世间争。

昨闻楚国婴虫疠，亦爨松枝煮葛羹。

（2020-01-25）

注：①宿草：过去一年的野草。陶潜《悲从弟仲德》："流尘集虚坐，宿草旅前庭。"②高引：高高地飞起。③虫疠：指武汉新冠病毒。

除夕赠同学

年关除布费逡巡，白发萧萧剩有身。

同道未因卮酒误，听弦还幸两心真。

风流君比相如昳，颠沛予堪杜甫贫。

千里遥思须大醉，梦中缱绻到明晨。

（2020-01-24）

注：①除布：除旧布新。②相如：司马相如。其《美人赋》："司马相如，美丽闲都，游于梁王，梁王悦之。"③缱绻：情意缠绵，难舍难分。曹雪芹《唐多令》："飘泊亦如人命薄，空缱绻，说风流。"

除夕登台

周遭钝响笼新寒，冉冉轻愁上笔端。

自取胼胝堪结趣，旁观黼黻也弹冠。

云中丝管歌流水，瓶底胭脂画牡丹。

浴罢呼童扶将去，年香伴我到栏干。

（2020-01-24）

注：①钝响：鞭炮的爆炸声。鲁迅《祝福》："接着一声钝响，是送灶的爆竹。"②黼黻：官服上绣的花纹。借指爵禄。钱起《寄任山人》："天阶崇黼黻，世路有趋竞。"③年香：新年的香味儿。腊月三十年饭的气息。

无　题

因惊凶孳已周流，益恨空言竟不休。

谁解拒升司马病，应知哭斩孔明愁。

野鲜肆禁封长策，试验苗成伐上谋。

吾幸冯唐身未死，穷居希旨守江州。

（2020-01-23）

注：①孔明：诸葛亮。②上谋：最好的策略。③希旨：即承风希旨。揣摩
迎合上司的意向。

闻武汉公交禁行

极目南天诡雾生，通衢一令已封城。

梅涧江树斯民泪，鹤杳沙洲玉笛声。

白日云重家万里，中宵衾冷梦三更。

休言楚国偏多味，应解歌哀薤露行。

（2020-01-23）

注：①封城：为防止病毒传播，禁止出入城市。②薤露：古代送葬时唱的丧歌。

自 嘲

武汉烽烟报案前，儒冠惊坠二毛颠。

何期真相来黎庶，忍看疯言出要员。

老叟难从白衣使，急情如在油锅煎。

坚持自宅无他术，也算为人解倒悬。

（2020-01-22）

注：①二毛：两种颜色的头发，年老。②自宅：自己住在家里，不出门。

雨 巷

明灭清光铺醜石，小窗高下古檐低。

枝侵雾气鸦方乱，伞出花裳路欲迷。

旗柱香浮屠户酒，柴门杖倚贾翁妻。

将询伊址凭无计，兀立桥头看晚蜺。

（2020-01-19）

注：①明灭：光影闪烁的样子。②贾翁：做买卖的老头。③晚蜺：下午的
彩虹。韦骧《和余庆道中》："水鸟逆风如有向，晚蜺收雨似多情。"

望 月

问天何处遣张皇？急管繁弦止未央。

志逞床升湖海计，情倾鹤坠马关骹。

难驱一骑隆神羽，却饰千衣嫁美嫱。

几度释书持久论，窗前月照满庭霜。

（2020-01-16）

注：①张皇：惊慌失措。②湖海：海湖庄园。位于美国南部佛罗里达州棕榈滩，美国国家历史名胜区。③持久论：毛泽东《论持久战》。

元月十五日自驾京昆高速

一骑纵卷小年初，风电逵衢肯笑予。

情急欲从飞将镞，气横敢阻相如车。

重霄坠梦分生死，百丈凌烟定毁誉。

应把雄心称旧意，萧萧班马忍抛诸！

（2020-01-16）

注：①逵衢：通衢大道。谢惠连《咏冬》："墀琐有凝污，逵衢无通辙。"②相如：蔺相如。③凌烟：凌烟阁。唐代为表彰功臣而建筑的绘有功臣图像的高阁。

正月初二闻京城始限行

国有新难我亦难，旧年冗琐懒收官。

胸中蒙络忧忧意，窗外流行剪剪寒。

炫富游多驱狗马，安贫宅自奉瓢箪。

忽闻禁阙传鼙鼓，如坠空云步履跚。

（2020-01-26）

注：①收官：围棋术语，最后收场的几步棋。②剪剪寒：即轻寒，稍稍有感觉的寒冷。

新年收拾书橱有感

闲理收藏叹陋居，尘封囊箧竟丘如。

有心假岁三编韦，无病呼佣一曝书。

身贱自甘观若趣，学多未敢陆澄誉。

今将残卷留关尹，好从诗神策蹇驴。

（2020-01-03）

注：①丘如：堆积如山。柳宗元《永州韦使君新堂记》："积之丘如，蠲之浏如。"②曝书：晒书。③陆澄：南朝宋官员。为当世硕学，读《易》三年不解文义，欲撰宋书竟不成。王俭戏之曰："陆公，书橱也。"④附张燕诗《新年随感》："己亥金猪低调隐，庚子硕鼠祸频来。身体健康知大乐，业余爱好巧安排。丹青妙笔凝书画，实感真情铸匠才。多艺博学风骨傲，书香四溢日愚斋。"

元旦次日拈得真韵寄诸友

烦嚣历尽仅存身，凫酒悠然过六旬。

往岁青灯忙作嫁，今年绿水好垂纶。

贫居得意焉知晚，一悟逢人每说真。

林薮依泉多暇日，料应车马往来频。

（2020-01-02）

注：①烦嚣：世上的繁琐事。②作嫁：为他人作嫁衣裳。

《昏庸诗苑》百期

诡异为名名亦质，诗坛豪婉不相欺。

登仙未觉三山远，落笔方惊五柳痴。

四海沉潜追玉辇，千秋浪漫慕风仪。

纵然才调烟云散，一缕香留小子知。

（2019-12-28）

注：①豪婉：豪放派和婉约派。②五柳：五柳先生陶渊明。③才调：才气和风致。李商隐《读任彦升碑》："任昉当年有美名，可怜才调最纵横。"

《昏庸诗苑》百期志庆

一散猢狲罕有闻，幸从诗苑遘诸君。

沉吟明丽朝霞美，妙构微茫夜雨纷。

削句快刀归二俊，弁言雅气动妖群。

百期愧我持芹献，捻尽疏须已半醺。

（2019-12-27）

注：①一散猢狲：树倒猢狲散。此指大学毕业大家分赴各地。②芹献：谦称赠人的礼品菲薄或所提的建议浅陋。

题张燕摄高黎贡山石月亮图

谁遗珍稀绝域中？烟云四起月玲珑。

寻幽升岭瞻仙镜，得胜开襟入阆风。

且叹英雄三箭力，更怜美丽一虹功。

劝君醑酒秋江上，共祝边民岁岁丰。

（2019-11-15）

注：①阆风：山名。位于昆仑山中，相传为仙人所居。《离骚》："朝吾将济于白水兮，登阆风而绁马。"②醑酒：以酒浇地，表示祭奠。钱谦益《答越卓凡宪副》："我欲为君歌督护，夜阑醑酒向钩陈。"③附张燕诗四首。《老姆登》："特色村寨老姆登，非遗文化有传承。民间乐器达比亚，吹拉弹唱怒族魂。"《怒江峡谷》："怒江峡谷飞字形，最佳观景老姆登。远眺之字盘山路，羽化蓝天航拍人！"《群山》："群山远黛恬静美，云峰巍峨峭壁辉。晨光绚丽云缥缈，菜畦茶园客栈围。"《石月亮》："高黎贡山石月亮，大理岩溶历沧桑。奇特景观天赐与，云卷云舒撼心房！"

题张燕摄怒江第一湾图

一片仙乡水半环，怒江至此号初湾。

玉龙劲舞蟠王箐，秋彩浓泼绘日丹。

路断铜铃茶马邈，岚出烟雨客心闲。

问君眼力知多少，数到青霄第几山？

（2019-11-13）

注：①王箐：怒江边的大山。②附张燕诗四首。《桃花岛》："峡谷奇村桃花岛，阡陌交通老少和。田园风光自然美，三面环水一桥隔。"《茶马古道》："茶马古道八百米，欢呼雀跃沿江行。五彩斑斓秋色美，秘境探幽忆驼铃。"《路上》："冒雨探寻雾里村，天黑犬吠少见人。偶遇骡马驮运物，路边回避让先行。"《雾里村》："晨起再过雾里村，民居特色印象深。木墙石瓦炊烟袅，红荞绿植香清新。"

山 居

未从摩诘费长吟，乱草流云野径深。

阻险何须求驷马，孤零正合毁焦琴。

入山久断红尘念，把卷还怜白雪侵。

自古圣贤多寂寞，韶音遗我到秋霖。

（2019-10-07）

注：①驷马：指显贵者所乘四匹马高车。黄庭坚《薄薄酒》："徐行不必驷马，称身不必狐裘。"②自古圣贤多寂寞：李白《将进酒》："古来圣贤皆寂寞，惟有饮者留其名。"

城楼红日

风华七十富春秋，浴海朝阳始到楼。

曾扫鼠庭安幕北，又挥金戟诎西酋。

广交外国初称定，深虑中枢谨防修。

改革图强天佑我，奇功彪炳百年收。

（2019-10-01）

注：①幕北：漠北。②西酋：西方头号强敌。③彪炳：照耀。

月旦吟

平生亦爱说英雄，贩屦焉如魏武工。

思旋停居风雨外，乐沉潜入网罗中。

不缘岁暮哀流水，但为鹰高引劲弓。

莫道老夫闲扯淡，寥寥卓见几人同。

（2019-09-30）

注：①月旦：品评人物。东汉许劭与从兄靖俱有高名，共好品评人物，每月辄更其品题，故汝南俗有月旦评。②贩屦：卖鞋。织席贩屦之辈，形容人的身份地位卑微。

九月廿九日夜游皇城

嗟我悬车老欲狂，夜行微服慨而慷。

长街紫气摩人毂，古巷红旗兆瑞祥。

东土元亨观穆穆，西风黄耇意遑遑。

复兴雄略千年计，引领潮流耀万方！

(2019-09-29)

注：①悬车：退休隐居之谓。杜甫《提封》："借问悬车守，何如俭德临。"②
黄耇：指老迈，日薄西山。

丰茂烤串记事

欲从轻简乞园田，忽接金风送请笺。

翠幕氤氲香满串，玉杯荡漾醉群仙。

十年未苦刀糊事，千里谁怜聚散缘？

期与诸君盟胜日，柴车迎迓到山前。

(2019-09-28)

注：①丰茂烤串：餐饮店名，位于北京北五环路边。②刀糊：剪刀浆糊，
此指编辑工作。

秋 风

蓦然飒飒自天来，摧落无边到九陔。

沧海洪波曹赋恨，关河残照柳衔哀。

孤行更贳刘伶酒，浩叹唯怜贾谊才。

又是悲秋穷且病，黄花寂寞满山开。

（2019-09-15）

注：①九陔：中央至八极之地。郭璞《游仙诗》："升降随长烟，飘飘戏九垓。"②曹赋：曹操的《观沧海》："秋风萧瑟，洪波涌起。"

游蓬头玉斗白涧诸村

欲从奇域访神仙，几片荒村一水联。

仰看合危秦塞马，俯疑开阔武陵天。

林深草密田家住，峡暝舟闲钓客眠。

日落峰前惊鹤唳，车回四野起炊烟。

（2019-08-16）

注：①蓬头：地名，是一个自然村。位于河北省保定市涞水县赵各庄镇境内。②秦塞：秦代所建的要塞。秦国四周有山川险阻，自古称为"四塞之地"。③附张燕诗二首。《镇江西津渡》："镇江文脉在西津，千米石街古建存。遗迹民居皆厚重，世俗宗教共慈恩。红窗黛瓦庄严美，翘角飞檐韵味深。待渡亭前思过往，徜徉金矿费沉吟。"《镇江焦山》："轮渡焦山观胜景，小桥流水净又清。自然氧吧宜居岛，桂苑盆花具匠心。"

题友人登瑞吉山照片

曹衣吴带临澄碧，相挽依依步履迟。

日射秋波生絮语，香迷玉砌弄花姿。

檀台晓雾频来梦，梅坞青藤更著诗。

琼海方舟风送远，欢情一晌几人持？

（2019-08-15）

注：①友人原玉："合云翠岫湿莺枝，倒浸天光欲语迟。朱萼过明妨鹤骨，夏条甚密乱松姿。为凉乘月多思故，缘静听风懒觅诗。残醉重扶栊唱晚，清商到枕总难持。"②曹衣吴带：本指绘画衣着之美，此指男女风流倜傥。③檀台：欢娱之所。

读葛立方《韵语阳秋》

虎行豕走几多年，一卷裁成雪满颠。

泾渭在心无赘语，市朝传句有奇篇。

未泥毛郑鱼虫释，却隐湖山帛简牵。

风雅支离凭世论，何由上荐伏牺前。

（2019-08-07）

注：①裁成：编辑完成著作。②毛郑：毛苌和郑玄。两人都是汉代经学大师。

八月四日纪事

理罢荒园突入厨，锅瓢碗盏一丽姝。

因知心悦无言处，忽念家贫半世劬。

酬唱尤欣诗满叶，安居每慰酒当垆。

今逢卅五佳期又，虽远求溪道不孤。

（2019-08-04）

注：①丽姝：美丽的妇人。②当垆：卖酒。指在酒垆前煮酒、饮酒。③求溪：地名。来知德著《周易集注》之处。④附张燕《小康人家颂》："善良质朴爱无双，勤俭持家乐小康。锅碗瓢盆听交响，油盐酱醋试调香。年年岁岁君相伴，岁岁年年侍厨忙。卅五相携非浪漫，人生无憾醉夕阳。"

无 题

一园幽隐见方长，百步东风绿未央。

朝看日升佳树外，暮听蛩唱短篱旁。

鸟翔云际分高下，花弄墙边掺紫黄。

冷暖明年须记取，归来谁应识刘郎？

（2019-05-06）

注：①幽隐：幽静隐蔽的地方。②紫黄：色彩杂出。③刘郎：刘禹锡。其《玄都观桃花》："玄都观里桃千树，尽是刘郎去后栽。"

大风中回京

浩荡奔腾起朔方，摧枯拉朽海氛扬。

破云欣看鲲鹏举，控地堪怜燕雀枪。

韬晦厌弹经几度，锋芒初露怼西强。

绿潮滚滚车轮疾，万里雄风接帝乡。

（2019-05-20）

注：①朔方：北地。②海氛：海上的气流。③韬晦：韬光晦迹的略语。把锋芒收敛起来，把踪迹隐蔽起来。

语言班自嘲寄沪上首聚诸同学

曾修万世聚萍踪，海上风标迥不同。

亦有衷情言讷讷，却无头角道庸庸。

善投名状人多富，贪蠹书斋我固穷。

卅五年来堪一笑，只嗟末技误诸公。

（2019-05-07）

注：①风标：风致，气象。②讷讷：说话迟钝。③末技：小技，偏科。

山 居

蓬瀛何处觅仙舟？但将孤身此滞留。

结网问鱼环碧水，荷锄种菜理荒畴。

庐依翠岭多清静，世避嚣尘少苟偷。

不是邀名沽狷介，只因晚好老僧修。

(2019-05-05)

注：①蓬瀛：蓬莱瀛洲，神仙居住的地方。②苟偷：苟且偷安。③附张燕《老来乐》："老来置墅野三坡，垂钓休闲拒马河。浇水育苗学技术，施肥种菜赏新禾。涛笺彩笔添灵感，世外桃源享淡泊。秘境爬山增氧巴，宜居宝地雅趣多。"

幽 隐

冷暖流年几许真？僻陬索处已安贫。

兴发恃杖游穷谷，酒醒听箫卧野村。

水涌闲思空对月，烟消宏略久成尘。

客来欲问渔翁事，请蹑行踪到柳津。

(2019-04-15)

注：①穷谷：荒野的山谷。②柳津：柳树覆盖的渡口。

晨走都衙道中

东风知我欲山行，吹散浮尘四野清。

射草云鹰穿眼疾，夹溪花树照岩明。

滩头竿影谁开钓？林外鞭声正闹耕。

陟彼高岗胸臆豁，一轮杲杲上峥嵘。

（2019-04-13）

注：①都衙：自然村。位于河北省涞水县三坡镇东南10公里，东与北京市十渡镇接壤。②开钓：开春之后初次垂钓。③峥嵘：山势高峻。袁可立《甲子仲夏登署中楼观海市》："浮屠相对峙，峥嵘信鬼工。"④附张燕诗三首。《云台山红石峡》："高崖对峙红石谷，溪水群龙九眼潭。仙境云台如画册，丹霞地貌揽奇观。"《云台山潭瀑峡》："泉涧溪潭映秀峰，雄奇幽险探无穷。争分夺秒飞流下，峭壁嶙峋美不同。"《登云台山茱萸峰》："携访云端真武庙，勇攀绝顶过天桥。药王洞口求神护，红豆杉前愧虎腰。祈愿树收徐稚榻，连心锁启管宁交。茱萸插遍何人未，忽觉空山显寂寥。"

头茬香椿记

十年浇灌未相忘，四月墙边暗送香。

日暖娉婷娴静意，风轻琥珀紫红光。

焉为弋凤求膏髓，亦枉屠鲸入海洋。

莫信山翁真识味，聊将佐酒慰冯唐。

（2019-04-04）

注：①头茬：第一次的，初次的。②娉婷：形容女子姿态美好的样子。乔知之《绿珠篇》："石家金谷重新声，明珠十斛买娉婷。"

清明遥祭

切切呼归杜宇声，人间三月重清明。

梨花飞雪纷长昼，柳絮牵丝漫五更。

追往音容寻懿泽，抚今责任坐愁城。

念之如祭先贤在，一阕遥题拜祖茔。

（2019-04-03）

注：①杜宇：传说中的古蜀国国王。杜宇死后化作杜鹃鸟，每年春耕时节，杜宇飞鸣，似说"我望帝魂也"。②如祭：就像祭祀一样。

春游京西湿地公园

乱云颠倒水中央，二月兰抽岸柳黄。

乌雀群飞来野寺，高桥斜拉耸平岗。

联诗何觅青莲在，论道常怜李耳亡。

且许朕身闲倚石，好乘梦幻入潇湘。

（2019-04-01）

注：①高桥：指京西永定河上的斜拉大桥。②青莲：李白号青莲居士，常比喻性格品质高尚的君子。③李耳：老子，姓李名耳。

西 山

天际巍巍远望疏,谁将昕夕对贫庐。

东浮紫禁崇王气,西走苍茫垒太虚。

风树时奔沧海若,烟岚日扫黛眉如。

青山于我看不厌,也料青山视我诸?

(2019-03-25)

注:①昕夕:早晨和晚上。沈括《贺年启》:"祈颂之诚,昕夕于是。"②
沧海若:广阔的像大海一样。

无 题

人生就是一盘棋,困苦艰难即是师。

甑堕太原全不顾,马亡塞上又安知?

能明小大堪称敏,未辨优顽庶近痴。

胜负权衡由我定,何须打鬼请钟馗。

(2019-03-20)

注:①甑堕:堕甑不顾,意思是甑坠地已破,不再看它。比喻既成事实,
不再追悔。②马亡塞上:塞翁失马。马在草原上走失了,说不定也会是一
件好事。③钟馗:道教俗神,专司打鬼驱邪。

移家从心苑 15 周年纪念

卜宅京郊有所思，尧天舜地影参差。

终朝云合高升帐，向晚鸦飞乱写诗。

河绕边城飘玉带，山抛青眼扫蛾眉。

迷蒙烟雨堪知我，不悔当年决定时。

（2019-03-18）

注：①从心苑：小区名，原名重兴园。②尧天舜地：气氛清明，环境好。

答友人

年来高卧帝京西，烛斧宫深久不奇。

默坐偶斟刘氏酒，清修常恨汝南鸡。

每辞德茂升方丈，独慎情多坠泥犁。

昨夜客言花事晚，心因郊野起涟漪。

（2019-03-18）

注：①烛斧宫深：指政治上的一些阴谋诡计。②泥犁：地狱，其中一切皆无，没有喜乐。③涟漪：水面因风吹动而产生的波纹。

收石斋坡叟双印

正是京城雨似烟，翩翩双鹄落庐前。

石斋宜卷多归处，坡叟因鱼每忘筌。

何幸峄山知国手，几希昆玉纪髦年。

如今容我乞骸骨，好卜西泠耕砚田。

（2019-03-14）

注：①峄山：位于山东省邹城市东南 10 公里处，是历史文化名山，其上多石刻。②乞骸骨：旧时指告老还乡。

春日阳台闲咏

京城三月斗群芳，独倚高楼感渺茫。

入庋徒添书屋静，开泓犹识墨池香。

欲从细柳人堪老，曾垦南山地渐荒。

遥看春郊翻碧浪，却怜两鬓已苍苍。

（2019-03-13）

注：①庋：书架。②细柳：军营。《史记／绛侯周勃世家》："已而之细柳军，军士吏被甲，锐兵刃，彀弓弩，持满。"

题涞水四友宴饮

权从岩穴暂栖之，边幅奚修骨亦奇。

纵论雄才围煮酒，常标高格竞题诗。

谁将隐士埋诸葛？敢把狂生使食其。

又是一年春好处，共邀秀色到东篱。

（2019-03-10）

注：①涞水四友：指张泽、夏辉映、庞志明、李秀良。②食其：郦食其。
西汉初年谋略家。

三月九日车游伶山并访庞道长

久思何处辨仙凡，逐雾随云访道山。

谷冷深沉松桧路，岩危高耸虎龙关。

心中有意收悟觉，方外无妨纵笑谈。

游罢身轻如化羽，春迟尘世竟萧然。

（2019-03-09）

注：①庞道长：河北省涞水县伶山寺住持。②方外：世俗之外，世外。
③化羽：登仙。

观台北故宫七十一件书画展

风樯阵马技神乎？胜览耆翁恃杖扶。

化道环球无抗手，溯源中土岂能诬。

文章隆盛崇江右，卷轴琳琅入伪区。

寄语王师图海日，萧何首务撸书橱。

（2019-02-27）

注：①风樯阵马：风中的樯帆，阵上的战马。比喻气势雄壮。苏轼评米芾书法："风樯阵马，沉着痛快。"②江右：长江中游江西一带。江右在有宋一代人文鼎盛。③萧何：西汉初年政治家。司马光《资治通鉴》："沛公至咸阳，诸将皆争走金帛财物之府分之，何独先入收秦丞相御史律令图书藏之。"

无 题

昨梦依稀大骇圜，九州何处觅春山。

云高寺冷崇神域，地老天荒愧汗颜。

上下曲和牛逼哄，倨恭豹变马关艰。

吾师已送东门出，又为斯民把泪潸。

（2019-02-24）

注：①圜：环，周围。柳宗元《梓人传》："余圜视大骇。"②吾师：我们的军队。《左传/僖公三十二年》："蹇叔哭之曰：吾见师之出而不见其入也。"

题赵文君所摄初春游北海并寄李相如

缥缈皇城接翠微，留连北海久忘归。

如真似幻波迷眼，乍暖还寒雨湿衣。

风动跫音惊野鹤，镜描玉影梦香妃。

一身倦意车回府，美酒檀郎烤鸭肥。

（2019-02-22）

注：①北海：北京的北海公园。②香妃：霍卓氏，维吾尔族人，乾隆妃子。传说中的香妃原型。③檀郎：指夫君。温庭筠《苏小小歌》："一自檀郎逐便风，门前春水年年绿。"

思 乡

依稀日影隐苍黄，原上烟霏接大荒。

金殿巍峨浮紫气，龙城迤逦泛崇光。

千山重阻桑榆远，百梦遥牵岁月长。

三十年来辞故国，征鸿望断独彷徨。

（2019-02-09）

注：①金殿：指皇城。②崇光：正在增长的春光。苏轼《海棠》："东风袅袅泛崇光，香雾空蒙月转廊。"③桑榆：指故乡。④附张燕《乡村小景》："幻花湖畔赏喷泉，唐草园中敬百仙。古老水车新意境，乡愁梦远楚云天。"

来知德《周易集注》读后

大矣羲皇画旨微，文周孔后启真晖。

星罗象数求何在？河出图书示所归。

错综阴阳掊旧说，沉潜上下感神威。

虹溪巨制真希见，任尔颉之任尔非。

（2019-01-07）

注：①来知德：明代理学家、易学家，著名诗人。②虹溪：又名求溪。来
知德注《易》隐居之所。③希见：少有的，罕见的。

圣诞节偶题

自听蹀躞惯蜗居，闲看轻霜染石除。

诘旦昏鸦飞去倦，终宵旧梦醒来虚。

城中争饰红袍叟，驿外徒怜涸辙鱼。

岁末何臻心广大？顿开万境总如如。

（2018-12-25）

注：①蹀躞：小步走路。鲍照《拟行路难》："丈夫生世会几时？安能蹀
躞垂羽翼？"②诘旦：平明，清晨。司马光《柳枝词》："陌头遥认颜光
禄，诘旦先乘瘦马来。"③红袍叟：所谓圣诞老人。④如如：永恒存在的
真如。事物常在，没有什么变化。

吾妻生日晚宴记事并感而作

频年今日侍厨躬，持箸无言此乐同。

君为度支身更瘦，我因逃世耳全聋。

酒香弥漫春风暖，烛影飘摇夕照红。

记否朦胧江月夜，惊涛拍岸柳边逢？

(2018-12-18)

注：①度支：根据需要拟定开支。②逃世：逃避现世。③附张燕《夕阳颂》：
"老伴亲为生日宴，镜清茶品女儿添。金鸡智慧得福海，憨猪淳厚聚善缘。
遥忆当年夕照下，送别港口甲板边。星稀月朗离人泪，窃语江涛共枕眠。"

持诵《六祖惠能坛经》书后

自从佛祖示灵山，六递衣钵证悟禅。

风未动幡开妙谛，道能踏碓启真端。

一篇诵偈积功久，半夜书廊见性难。

般若高深参欲透，将从无字处玄观。

(2018-12-18)

注：①佛祖：释迦牟尼。②六递依钵：据《历代法宝记》记载，菩提达摩
带着木棉袈裟来到东土弘法，成为禅宗初祖，经慧可、僧璨、道信、弘忍，
至六祖惠能大师，木棉袈裟一直作为禅宗传人的唯一凭据。③动幡：慧能
去广州法性寺，值印宗法师讲《涅盘经》，因幡被风吹动，于是有二僧辩
论风幡，一个说风动，一个说幡动，争论不已。慧能便插口说：不是风动，
也不是幡动，是你们的心动！万物皆空无，一切唯心造。④踏碓：慧能初
到东禅寺求法，五祖弘忍令他去踏碓舂米，意在告诉他凡事皆有妙道，于
自性中悟得。⑤诵偈：慧能曾诵一偈："菩提本无树，明镜亦非台。本来
无一物，何处惹尘埃。"揭示万法皆空，法在自性的禅理。

送金庸先生

快意恩仇唱大风，悲天悯世亦英雄。

书山耸峙标文雅，剑气缤纷济道穷。

善恶本多家国异，死生常有我人同。

侠之尊者从兹去，四野萧萧独悼公！

（2018-11-01）

注：①大风：大风歌，雄壮豪迈。②侠之尊者：对金庸先生的尊称。

自　题

秋声渐杳静帘枕，暂罢幽思箪袖翁。

酒伴迷踪观澒漫，烛摇万象入鸿蒙。

虽非霜骨全欹杖，却已虬髯半拂风。

世事艰难终未解，窗前伫望月如弓。

（2018-10-31）

注：①秋声：秋风吹动而产生的四野声音。②箪袖：垂下衣袖，闲散的样子。③虬髯：坚硬而且弯曲的胡须。罗邺《老将》："弓欺猿臂秋无力，剑泣虬髯晓有霜。"

烧 荒

半亩悬岩草木凋，轻烟冉冉上重霄。

明年有待弥芳秀，今日还须拉杂烧。

欲借高眺观淡远，即从逐去入逍遥。

老翁燎罢浑无事，独立山前对寂寥。

（2018-10-30）

注：①拉杂：没有条理，杂乱地堆在一起。《乐府诗集》："闻君有他心，拉杂摧烧之。"②寂寥：空落的感觉。

瞻仰石家庄革命烈士陵园

百里驱车叶正黄，入园扑面菊花香。

步从松下寻英魄，旗展风中哭国殇。

咫尺京畿犹觉远，艰难岁月始知长。

仰看高塔凌云表，今夜幽思绕太行。

（2018-10-19）

注：①国殇：指在保卫国家的战争中牺牲的人。②云表：云层的上面。③幽思：深沉的思索。

参观西柏坡中共中央旧址

一书未竟意如何？浩荡秋风访柏坡。

紫气凝空接宝塔，红星簇岭映滹沱。

二中帷幄群筹善，三大硝尘苦战多。

青史茫茫谁共仰？丰功国势两巍峨。

（2018-10-18）

注：①二中：党的七届二中全会。这次会议是我党在中国新民主主义革命即将取得全国性胜利的历史转折关头的一次重要会议，为党的工作重心从农村转向城市，从战争转向生产建设，将中国由农业国转变为工业国，由新民主主义社会逐渐转变为社会主义社会，做了政治、思想、理论和方针政策等多方面的充分准备，描绘了建设新中国的宏伟蓝图，使全党在新的形势下，达到高度的团结统一，具有划时代的重大意义。②三大：三大战役，即党中央在西柏坡指挥的辽沈、平津、淮海三大战役，摧毁了蒋介石政权赖以支撑的军事力量基础。

重阳节寄友

几许秋光映画光，满城风雨近重阳。

云低绕户千竿肃，菊冷辞枝一院香。

常恨情多斟老酒，总嫌诗少怨枯肠。

楼船江上同君忆，应是星稀月似霜。

（2018-10-16）

注：①重阳：农历九月初九。九为阳，九九相重，故称重阳。②附张燕《重阳节》："重阳敬老女儿忙，调膳鱼锅美味香。书画棋牌由兴趣，诗词文赋记沧桑。柔情似水怜花草，刚正不阿擅拓荒。农事鱼情何所乐，学富五车四海扬。"

山中书课

柴户含烟一亩荭，砚池初浅袅秋风。

庄严欲纵心中趣，恣肆还收腕底功。

松老崖前参古拙，峡深雨后济空蒙。

莫嗟今日无人问，自信千年始说公。

（2018-10-14）

注：①荭：即荭草。红蓼的别称，一种蓼属植物。

自　题

江湖谁慕子衿青？飘荡随风似雁翎。

浊世升帘无意看，佳音洗耳有心听。

何期锡杖归权杖，敢信身形幻鹤形。

浩宇幽幽知几许，遥遥一叶渡沧溟。

（2018-10-11）

注：①子衿：周代读书人的服装。《诗》："青青子衿，悠悠我心。"②
鹤形：身形羸弱；仙姿。③沧溟：辽阔的大海，也指天空。顾况《酬柳相
公》："个身恰似笼中鹤，东望沧溟叫数声。"

秋 望

独立苍茫紫气横，黄花凋尽野钕铮。

千山岩暗归寒鸟，一树枫红照晚晴。

水隔尘嚣村酒幌，云浮寺远梵钟声。

楼头月上天如镜，忽念吹舟到海瀛。

(2018-10-06)

注：①钕铮：秋风刚健的声音。②梵钟：寺院钟楼中的大钟。据说，借着钟声，使人开启心眼，而破烦恼。③附张燕《山居雅趣》："秋日幽居如意岭，尘嚣远避享从容。孤舟垂钓姜公乐，锦鲤烹调特色浓。树隐蛋声添雅趣，山围秋色看酡红。明年种豆南山下，艺事不输五柳功。"

次韵鹅湖朱陆之辩三诗

致辩铅山世所钦，红尘何处测天心。

探源基址湮沧海，执象藜篮阻小岑。

旗偃讼坛风久歇，文销理窟夜深沉。

茫茫万里谁能济？欲劝冲和看古今。

(2018-09-19)

注：①朱陆之辩：即鹅湖之辩。由吕祖谦组织，朱陆两派参加的理学与心学之争，吕欲折衷朱陆，而结果却是势同水火。②铅山：鹅湖寺所在地。③基址：陆九龄认为筑屋先立基，堆山必有址。即陆氏主张的"易简功夫"，明心之后，再去格物。④藜篮：朱熹诗中的杖和舆。朱主张博观，然后约之成理。被陆氏兄弟讥为支离。⑤三诗：鹅湖之会留下的三首诗。陆九龄："孩提知爱长知钦，古圣相传只此心。大抵有基方筑室，未闻无址忽成岑。留情传注翻蓁塞，着意精微转陆沉。珍重友朋相切琢，须知至乐在于今。"

陆九渊："墟墓兴哀宗庙钦，斯人千古不磨心。涓流滴到沧溟水，拳石崇成泰华岑。易简工夫终久大，支离事业竟浮沉。欲知自下升高处，真伪先须辨只今。"朱熹："德业流风凤所钦，别离三载更关心，偶携藜杖出寒谷，又枉篮舆度远岑。旧学商量加邃密，新知培养转深沉。只愁说到无言处，不信人间有古今。"

题食堂自照

霜染飘萧两鬓边，徒增马齿又经年。
得交长话珍馐后，澄虑休弹锦瑟前。
云外耕吟添固习，峡中游钓叹奇缘。
且将嗔怒扔哇爪，犹看人间四月天。

（2018-09-11）

注：①自照：自拍小照。单位食堂每月道贺员工生日（BIRTHDAY）榜，贴当月生日员工小照于墙，既是纪念，也是交流。②飘萧：稀疏貌。贯休《古塞下曲》："榆叶飘萧尽，关防烽寨重。"③哇爪：爪哇岛名的倒称。

题友人游欧照

左骖凤也右驹骧，道杖西麾视八方。
楚带慈怀期豹变，言形愚色喻龙藏。
诗心独弄巢云曲，述作堪升荐祖堂。
名利于君皆粪土，萍踪时或伴苍凉。

（2018-08-28）

注：①豹变：如豹纹那样发生显著的变化。以喻成长壮大。李白《陈情赠友人》："英豪未豹变，自古多艰辛。"②龙藏：隐藏大才，不让人知。《易》："潜龙勿用，阳气潜藏。"

读比尔·波特《空谷幽兰》

万里东来沐道光，仙踪飘缈野茫茫。

暮投城市家家陋，日走郊原处处芳。

丹灶每思飞鹤杳，松风忽觉入襟凉。

欲寻太上多修阻，方悟终南捷径长。

(2018-07-11)

注：①比尔·波特：美国当代作家、翻译家和著名汉学家。②修阻：道路漫长而且艰难。夏完淳《九哀》："纷总总兮陆翻，路漫漫兮修阻。"③终南捷径：指追求名利的方便门路。卢挚《蟾宫曲／咸阳怀古》："见终南捷径休忙，茅宇松窗。"

题　壁

畴昔曾经自许殷，亦于嚣世阻纷纭。

虽多绩学矜千丈，终鲜持家叹未文。

穷老真宜归岸谷，清凉合当散诗氛。

从游野鹤推为长，消息人间已罕闻。

(2018-06-20)

注：①题壁：在石壁上写诗。②绩学：用功读书。胡应麟《少室山房笔丛》："古今绩学之士，靡弗以勤致者。"③岸谷：高深的山谷。罗隐《汉江上作》："云生岸谷秋阴合，树接帆樯晚思来。"

偶　题

每临岐路久低吟，颠染霜华德自嶔。

幸少丛祠争腐鼠，独多塞耳谛稀音。

河边常走曾为客，笔下偶书未负心。

欲向桃源寻旧梦，我将乘舆度遥岑。

(2018-06-05)

注：①嶔：高貌。②丛祠：荒野中的神祠，以喻红尘官场。③塞耳：重听，如物堵塞之状。④遥岑：即远岑，很远的地方。朱熹《和陆九龄》："偶扶藜杖出寒谷，又枉篮舆度远岑。"

喜得钓鱼帽

身在沧州对影哀，得冠独弹厌登台。

穷遮眉目嚣声歇，尽历春秋幻彩灰。

两幔湖边归野老，一帘月下隐崔嵬。

凝看云水翻腾处，五柳先生似可追。

(2018-06-05)

注：①春秋：指岁月。②野老：山野间的老者。王维《积雨辋川庄作》："野老与人争席罢，海鸥何事更相疑。"

题某君网贴美国新战机

一月高悬周世暗，当空谁染锦丝蓝？

莫说米帝飞机快，若遇中国导弹翻。

行险淫威逼弱小，仗言正气抱雍宽。

劝君化剑崇耕作，以迓和谐入我禅。

(2018-05-30)

注：①米帝：即指美国帝国主义。②雍宽：大度宽大。

致出版家梁光玉先生

浮生六秩惜真缘，几度凭君出版焉。

网战玄黄传雅趣，诗吟上下慰残年。

请携小聚千杯饮，计返南驰一线牵。

山叟区区芹献意，奇功再论水云前。

(2018-05-28)

注：①网战：即《网络棋战风云》一书的略称。②玄黄：因激烈战争凝成
的两种血色。《易经》坤卦第六爻："上六，龙战于野，其血玄黄。"③
上下：《日愚斋诗稿》上下两卷。④一线：即新建成的随岳高速，连接两
湖的动脉。

赠友人

芸芸俗骨出凡尘，百载坚贞一度春。

圣意欲邪天也厌，妖姿虽丽本非真。

未疑史册书巫雨，但诘诗家说爱神。

若把闲情批那事，从今世上鲜骚人。

（2018-05-22）

注：①圣意：圣人及其经典的意旨。②巫雨：巫山云雨。宋玉《高唐赋》：
"妾在巫山之阳，高丘之阻，旦为朝云，暮为行雨。朝朝暮暮，阳台之下。"

题山水醉好山园

久经世态识炎凉，僦舍岩阿处僻荒。

雨打茅檐听亦醉，云封花径步犹香。

行藏自重三椽小，吟咏微矜两卷煌。

欲鉴窗前枝上月，吾今风骨更铿锵。

（2018-04-24）

注：①好山园：山水醉小区美丽的家园。②岩阿：山体凹进去的空间。
③三椽：指房屋很小。吕岩《浪淘沙》："我有屋三椽，住在灵源。无遮
四壁任萧然。"④附张燕《贺〈日愚斋诗稿〉出版》："先生诗稿刚出版，
馆室新书已备齐。大报副刊登后记，著名网站序言实。风格绮丽头条亮，
隽永清新似小溪。展卷或如佳酿醉，遐思弥赞字珠玑。"

谷雨后一日驾游太行山

古道悠悠喜蜿蜒，兴来直造太行巅。

初经细雨晨光碧，久入深林野色偏。

有意白云堆岭左，无机锦鸟唱车前。

村头停问春归处，鹤发垂髫两忘年。

(2018-04-23)

注：①直造：直接到达。②无机：没有心机，纯任自然。陆希声《清辉堂》：
"野人心地本无机，为爱茅檐倚翠微。"③垂髫：古时儿童不束发，头发
下垂，因以垂髫指儿童。郁达夫《青岛杂事》："握手凄然伤老大，垂髫
我尚记当年。"④附张燕诗三首。《京郊踏青沿河城之一》："近郊踏青
沿河城，怀来探访幽州村。古寨漫步登敌楼，碣石寻春眺远景。山路弯弯
五里坡，荒草萋萋书字岭。峡谷铁桥锁要道，西风瘦马戍边情。"《京郊
踏青沿河城之二》："先生自驾出京门，全家陪伴游野景。深涧流水哗哗
响，云端风起呜呜呜。花冠爬过百丈崖，狭路会车练本领。成竹在胸不畏
难，情有独钟历险境。"《京郊踏青沿河城之三》："姑娘小伙徒步行，
背囊鼓鼓爱意深。自行车队虎生威，单骑登山强体能。河道拾柴享闲趣，
迎风烧烤找窍门。家有坐骑轻松游，乐在山水平常心。"

拈得"鸣鸠"题谷雨

举头澄碧月如钩，凝对遥岑共恨愁。

潮涌毫端随意寝，霜飞剑影倚天收。

才情久慕思渊客，酒量还盟望远楼。

花落花开君惜否，忽惊云外一鸣鸠。

(2018-04-20)

注：①鸣鸠：鸣叫的斑鸠。汪应轸《鸠隐》："鸣鸠拂其羽，四海皆阳春。"②
思渊：友人书斋名。

再登永定楼

直耸云霄生紫气，皇城雾锁望中微。

列阶杨柳摇丝舞，扑眼莺鹂乱阵飞。

步举踟蹰人有忆，空观倚徙我无为。

留连今夕登高处，欲戴清辉梦里归。

(2018-04-11)

注：①永定楼：位于北京市门头沟区永定河畔。②倚徙：走走停停。鲍照
《拟行路难》："人生不得恒称意，惆怅倚徙至夜半。"③清辉：月光。

241

春到山中赠芳邻

东风昨夜动珠帷，雾艒晨开雨亦随。
宿草篱边才泛绿，好花瓦上正垂丝。
老筇斟酌收新句，窄袄吹求扫淡眉。
与约春深花似锦，颓墙碧色共葳蕤。

（2018-04-10）

注：①垂丝：垂丝海棠。花梗细弱下垂，故名。②葳蕤：草木茂盛，尤指藤蔓植物生长旺盛的样子。

马鞍山扫墓

老天似解此行哀，忽遣春霖降下来。
洒酒一盅铭旧训，插花千朵忆慈怀。
阶生芳草福源广，墓拱奇松运势开。
我祝幽明同健泰，悲欣交乘泪盈腮。

（2018-04-07）

注：①马鞍山：位于湖北省黄石市长江边。形似马鞍，故名。②春霖：春天的雨。③附张燕诗二首。《怀念父亲》："宽厚仁慈老父亲，精神财富泽后昆。克己奉公做榜样，清正廉洁好品行。表里如一真雅士，恪尽职守是非明。德高望重传佳话，谨言慎行公仆心。"《扫墓》："清明大雨洗尘埃，化纸焚香点蜡台。供果献花诗悼念，祈福扫墓酒温斋。磕头作揖儿孙孝，种树呵苗运势开。天上人间同喜乐，健康滋润慰斯怀。"

清明送张燕之黄石悼亲

清明时节子规啼，送汝依依到站西。

故宅思回凤袅袅，慈茔梦绕草萋萋。

临枰陌上华灯路，观浪江边晚日堤。

追忆今年情更切，北南烟雨两蒙迷。

（2018-04-08）

注：①子规：鸟名。别名杜宇、杜鹃、催归。至春始啼，其声哀切。②站西：北京西客站。每送客至站西而止。③临枰：枰，棋盘。岳丈大人在世，每与对弈散步。弈则阳台，步则江畔。④蒙迷：景物模糊不清。此指泪眼。⑤附张燕《黄金山扫墓》："镰刀除草清甬道，铁锹培土固祖茔。恭恭敬敬擦墓碑，端端正正摆祭品。儿孙满堂重孝义，长幼有序拜先人。风水宝地黄金山，青松翠柏护亡灵。"

清明节怀念

慎远追终意未阑，曦微孤影立栏干。

病添侘傺忧难歇，梦绕依稀灺已残。

欲拂松云寻祭路，因登雪岭设思坛。

忽闻钟磬西方起，花坠如瞻驾玉鸾。

（2018-04-05）

注：①侘傺：情绪消沉，失意貌。屈原《离骚》："忳郁邑余侘傺兮，吾独穷乎此时也。"②雪岭：清明节北京中雪，西望崇山银装素裹。③西方：北京的西边。④如瞻：恍惚中望见。⑤玉鸾：白色的鸾鸟，也指仙人所乘车。

驿外花开

凭栏闲对絮飞天，花谢花开又一年。

何处证修三昧果，几番出入六尘缘。

德由损益收真善，机涉沉浮睨小鲜。

佛说有为皆幻影，仍将颓笔画圆圈。

（2018-03-29）

注：①六尘：佛教术语，指色尘、声尘、香尘、味尘、触尘、法尘的合称。
②幻影：不真实的影像。

初春散步莲石湖

藏头远欲避时人，春到莲湖一望新。

塔影沉波风过乱，花枝妨径帽翻频。

玩童鸢在云边舞，钓叟竿从柳下伸。

此向芳菲寻锦句，杖藜扶我薄烟津。

（2018-03-25）

注：①藏头：遮掩自己。韩翃《又题张逸人园林》："藏头不复见时人，
爱此云山奉养真。"②花枝妨径：形容花繁，竟堵塞了小路。③薄烟津：
接近烟雾缭绕的渡口。

贺《石家河》诗刊行世

一自挥离客异方，人前每说意飞扬。

两河近带通江远，百岭遥屏接佛香。

化育俊才新众熠，钩稽遗址古微茫。

今闻桑梓诗刊布，喜趁春和调羽商。

（2018-03-16）

注：①石家河：湖北省天门市镇名，又名石河镇。②异方：远方，他乡，外地。③近带：石家河镇附近有巾扬二水，如襟带缠绕。④遥屏：石家河镇北有大别山余脉，四季葱绿，似玉屏环护。⑤化育：教育与滋养。石家河普通教育成就辉煌，为状元之乡天门市重镇。⑥遗址：石家河镇有土城遗址，是新石器时代文化代表。

题部门合影

初春小摆龙门阵，拐角权当聚义亭。

佝踞中间惭野叟，环升瑞气耀群星。

人才大备年轻化，风格渐成理论型。

编辑教科追梦想，还多一众最娉婷。

（2018-03-14）

注：①龙门阵：文化活动形式。

步汪涌豪《客中述怀》

浮沉忽悟本无求，锦绣铅华似已休。

欲放心情云漫卷，好收诗韵水长流。

圣贤孤道终生恨，妻孥重荫万国游。

此意逍遥谁会尔，随风一棹到瀛洲。

（2018-03-13）

注：①汪涌豪《客中述怀》原玉："万里逃虚远忮求，枯怀销尽意难休。凄腓薤露浮光去，恍惚家山逝水流。霭霭停云思旧故，蒙蒙时雨惜良游。前生恨未盟鸥鸟，西日应能到鹤洲。"

学　画

描虎涂猫廿载功，自嘲虚妄本来同。

初牵芥谱存心底，复踵山人入画丛。

鱼乘惊涛称诡异，岭迷幽路诩朦胧。

烟云聊供诸君哂，真幻焉知水墨中。

（2018-02-04）

注：①山人：八大山人朱耷。明末清初画家。②诡异：令人惊讶、奇怪，感到迷惑的事。张衡《西京赋》："闲庭诡异，门千户万。"

学画自嘲

雅好丹青未敢忘，老持彩笔颇仓皇。

涂鸦欲哭山河碎，题句因期粉黛香。

吴带当风空自许，曹衣出水几轻狂。

哪堪泼墨乡思梦，一晚飘摇到夜郎。

(2018-01-12)

注：①吴带当风：汤垕《古今画鉴》："其傅彩于焦墨痕中，略施微染，
自然超出缣素，世谓之吴带当风。"②曹衣出水：郭若虚《图画见闻志》
说曹仲达的人物画，衣服褶纹多用细笔紧束，似衣披薄纱，又如刚从水中
捞出之感，后人因之命名。

和李满鋆限楼字韵

佝偻扶杖邈蜉蝣，又上高台一望收。

气郁长城盘圣殿，风回紫斾接崇州。

槛前日照苍山远，林外烟笼古道幽。

凝送云天飞鸟尽，寺钟遥唤起乡愁。

(2018-01-06)

注：①李满鋆《题敛之大江帆影图》原玉："浩瀚长江日月浮，云帆片片
燕唧啾。兴亡谁究千年史？骚客多情爱上楼。"②崇州：遥望中的众多州县。

题拙著《周易六十四卦诗》

老来更结蠹书缘，古易欣开又一天。

欲为晚生甄误解，肯将衰叟惜残年。

有心定谳千秋后，无妄追踪两汉前。

六十四诗堪敝帚，敢期再翼圣人篇。

（2018-01-10）

注：①古易：中国古代的《易经》，传伏羲氏演八卦，文王重之成六十四卦。②肯将：哪肯将。韩愈《左迁至蓝关示侄孙湘》："欲为圣明除弊事，肯将衰朽惜残年！"③无妄：不行邪道，不事诈伪。④再翼：再一次注解说明。《易经》有十翼，即《易传》，是解释《周易》的著作，包括《彖》上下、《象》上下、《文言》、《系辞》上下、《说卦》、《序卦》、《杂卦》共有十篇，故称《十翼》。

题《周易六十四卦诗》

幸天假我又三年，肝胆孤檠断韦编。

格致初从先圣觉，钩探益著首经玄。

交驰高下勤观照，纷易阴阳细解诠。

捐尽深机随大化，欣然冰雪已盈颠。

（2018-01-08）

注：①假我：借给我，惠赐我。《史记》："孔子晚而喜《易》，读《易》韦编三绝。曰假我数年，若是，我于《易》则彬彬矣。"②钩探：钩沉探微。《新唐书/武三思》："三思性倾谀，善迎谐主意，钩探隐微。"

后　记

　　这一本《山水醉诗稿》是继《日愚斋诗稿》之后我的第二个旧体诗集。之所以作如此的命名，实在因为收入这个集子里相当多的作品是在拒马河畔的山水醉小区创作的。将在这儿创作的甚而记录这儿生活的诗作保存下来，都为一集，我摩挲着它，逝去的美好似乎可以在眼前复活，感觉的温暖便会从心底冉冉升起。

　　当然，收入这个诗集里的还有相当一部分是在其他地方创作的诗作，这也大部分内在地涉及到山水醉，或者就是直接写的山水醉，起码是受到了山水醉某个事项的触动和激励。比如，诗集中有关东游山东、北游内蒙、东北，以及西游西藏、青海、甘肃、陕西、山西的游历诗作，就是在山水醉发生了一点小小的变故之后愤而出走所产生的结果。总之，没有山水醉，就可能没有这本诗集的出现。

　　山水醉的好处是不必多说的，它的自然景观，自然与人之间的和谐相得，都是我们这个时代可持续发展的典范。我过去常把它和王维的辋川作比，虽然王维的辋川我无从知道它的原始状态，但我熟稔山水醉之美，从山水醉之美差可想见辋川之美。为此，我曾试图重构辋川的风貌，写过一篇《王维成就了辋川别业之美》的公开文章。后来我又忽然醒悟那种重构是完全没有必要的，盖因山水醉应该就是辋川之美的另一范式，如果说有所不同，那大概是辋川之美更多地得益于王维山水诗的歌吟，而山水醉之美，无待他人的叙说，它是自在之美，本然地存在于天地之间，记录下来就行了。生活在山水醉这个山川秀丽之境，万物皆备于我，又何必费尽心思去重构辋川的美丽呢？

说到这本诗集的样式，它囊括了古风和格律两大类。一般认为格律之外的旧体诗都可以阑入古风，也有一种意见认为，古风除了平仄和押韵不像格律诗那么严格之外，在句子的形式上也应该与格律诗有明显的区别，比如古风不宜有四句和八句的式样，以避免古风"揩油"格律之嫌。其实，完全没有这个必要，在格律完善之前的古风诗作，并没有在句子数量方面有什么硬性规定，当然也不避嫌四句或八句。今人推崇格律诗，艺术手段的严格化往往有助于作品的完美，这一点无可非议，但古风应该也具有它的强大生命力；换言之，古风作为一种文学样式，它的优势不可替代。比如，当我们需要及时地率意地抒发诗情时，而无暇作仔细的声韵推敲，古风就恰逢其时。所以，我的意识中，无论是古风还是格律，都是一种合适的文学手段，在诗家手里，兼收并蓄，以备其用。

另外，本来收入这个诗集里的作品完全可以只作古风和格律的两大分类，按时间顺序排列，总为一卷，但内子张燕认为某个类型蝟集一处显得拥挤和单调乏味，不方便读者，还是适量分开的好。以从其议，于是就成了这样的上下两卷，各卷大致上按时间顺序排列，依次为古风、五绝、五律、七绝、七律。

这里，我要感谢女儿夏晓璐给我带来了一个可爱的外孙，心里的喜悦令我诗情焕发，并克服诸多困难将诗作搜集整理成帙。我更要感谢山水醉所有的高邻们，我们不仅比邻而居多年，还一起渡过了2020年的艰难时刻。庞玉和先生和王澍先生的不断督促鼓励，王鹤玲先生绘赐的水墨画《山水醉美》，段品竹先生、杜淑贞先生、谢华章先生，还有好多芳邻的摄影作品给我留下了生动影像，小玉精心设计和制作的篆章"山水醉"代表性地表达了高邻们对小区的深情厚谊。山无陵，冬雷震，夏雨雪，天地合，相信我们会把山水醉的美好印象永铭心碑始终不渝。

　　更要特别提到的是这本诗集的成功出版，李宏伟先生的慷慨赐序，晏海林先生的欣然题签，梁光玉先生的慨允付梓，起到了关键的促成作用。这里一并致谢！

夏辉映

2021 年 12 月 30 日

北京西郊从心苑